Heiko Werning – In Bed with Buddha

Heiko Werning, 1970 im westfälischen Münster geboren, wohnt seit 1991 in Berlin-Wedding, ist Reptilienforscher aus Berufung, Froschbeschützer aus Notwendigkeit, Schriftsteller aus Gründen und Liedermacher aus Leidenschaft. Er liest seine Texte regelmäßig bei der Berliner »Reformbühne Heim & Welt« und den agilen Weddinger »Brauseboys« vor, unterhält in Münster und Berlin eine Reihe mit dem bescheidenen Titel »Weltstars privat«, schreibt für die *taz* den Blog »Reptilienfonds« und für die *Titanic* Kurztexte und Briefe an die Leser, und wenn man ihn lässt, setzt er sich auch mal ans Klavier und singt dazu.

Edition
TIAMAT
Deutsche Erstveröffentlichung
Herausgeber:
Klaus Bittermann
1. Auflage: Berlin 2007

www.edition-tiamat.de
Druck: Fuldaer Verlagsanstalt
Buchumschlag unter Verwendung eines Bildes von
Nikolaus Heidelbach
ISBN: 3-89320-113-04

INHALT

Prolog

Prolog

Das Flusspferd

ES WIRD VIEL ZU VIEL GESCHIMPFT über Berlin. Dabei erlaubt die Metropole jedem Menschen, der willig ist, dies anzunehmen, höhere Einsicht und Erhabenheit. Denn sie unterhält im Zoo ein Flusspferdhaus. Ein Flusspferdhaus, dessen Wasserbecken wie in einem großen Landschaftsaquarium mit einer Glasscheibe abgetrennt ist, sodass die Zuschauer direkt in das Unterwasserreich der Flusspferde blicken können. Und auf die Flusspferde selbst auch, aus nächster Nähe und ohne störende Gitter.

Es gibt wenig erfreulichere Anblicke auf der Welt als ein Flusspferd. Umso erstaunlicher ist es, dass es auch in Berlin Menschen gibt, die wertvolle Lebenszeit damit vergeuden, Computerzeitschriften oder Martin Walser zu lesen, in Boutiquen nach etwas, was sie dann schick nennen, zu suchen, oder in Cocktail-Lounges zu chillen; dabei könnten sie stattdessen doch auch die Flusspferde im Zoo anschauen. Im Regelfall liegen diese irgendwo herum und machen gar nichts, außer verdammt imposant zu sein. Verdammt imposant zu sein, ohne irgendetwas dafür zu tun, ist eine sehr schöne Eigenschaft. Wie viel Unheil entsteht, nur weil Menschen imposant wirken wollen, obschon sie es doch so gar nicht sind? Die arabischen Jugendgangs auf der Straße mit ihrem Gestammel, ihren aufgeplusterten Jacken, den lächerlichen Schiffchen-Rasur-Frisuren und dem ganzen Ghetto-Getue, und dann aber zu Hause vor Mama und Papa wegducken und das Schwesterchen verpetzen, wenn es sich mal das Kopftuch abnimmt. Ganz zu schweigen von den ostdeutschen Relikt-Jugendlichen, die sich in Bomberjacken und Springerstiefel packen, um beeindruckend zu wirken, und dann doch nur in Gruppen einzelne Schwächere verprügeln können.

Ein Flusspferd muss niemandem vormachen, dass es imposant sei, es ist einfach imposant. Dabei spielt es sich kein bisschen auf. Wenn es will, kann das Flusspferd sich durchaus durchsetzen, ganz allein, ohne Stiefel und ohne Meute – es ist das gefährlichste Großtier in Afrika. Wenn man es in Ruhe lässt, liegt es aber einfach nur herum. 4500 kg Ruhe und Überlegenheit. Und das trotz dieser kleinen Schweinsäuglein und der im Maßstab geradezu lächerlichen Öhrchen, die wie unbeholfen drangeklebt wirken – na und? Das Flusspferd wackelt hin und wieder genüsslich mit ihnen. Dafür sollen sie sein, die winzigen Öhrchen, und dafür sind sie gut. Was zählt es, dass sie viel zu klein aussehen für dieses riesige Tier, wenn es damit doch so vorzüglich zufrieden wackeln kann?

Das Flusspferd liegt auf einer Insel im Wasser, breitet einen Zentner neben dem anderen in der Sonne aus und wackelt mit den Öhrchen. Mehr Friede ist nicht möglich auf dieser Welt. Oder das Flusspferd treibt im Wasser, und ganz gelegentlich lässt es einige Knubbel seines Oberkopfes oder die Barthaare, die wie die letzten verkohlten Borsten eines explodierten Besens aussehen, über die Oberfläche ragen, schnaubt ein bisschen und sinkt dann wieder herab. Dann sieht man manchmal kleine Blasen von dort aufsteigen. Da freut das Flusspferd sich, weil es lustige Blasen machen kann, indem es Luft durch seine Nasenlöcher pustet. Und dann sieht man, wie auf der anderen Seite des Flusspferdes noch größere Blasen aufsteigen. Da freut das Flusspferd sich auch, weil es lustige Blasen machen kann, indem es die Luft auf der anderen Seite aufsteigen lässt. Nach Herzenslust blubbert es an beiden Flusspferdenden, und dazwischen herrscht Zufriedenheit und Ruhe.

Aber das Flusspferd kann auch anders. Leute, die ihre Zeit damit vergeuden, in Boutiquen nach schicken Sachen zu suchen, Computerzeitschriften oder Martin Walser zu lesen oder in Cocktail-Lounges zu chillen, nehmen an, es müsse irgendwie unbeholfen durch die Gegend torkeln. Dabei hat doch Gewicht so wenig mit Eleganz zu tun! Wenn das Flusspferd sich im Wasser bewegt, dann gleitet es elegant, wie tänzerisch, an der Scheibe und den staunenden Betrachtern vorbei. Viereinhalb Tonnen angefressene Fleischmasse, aber wie eine Elfe schwebt es dahin, berührt den Boden nur mit den Spitzen seiner Hufe, die im vollendeten Gleichklang den Untergrund streicheln, ohne irgendwo anzustoßen, in perfekt harmonischer Bewegung, voll höchster Grazilität.

Das Flusspferd ist mein Vorbild. Auch ich lege höchsten Wert auf grazile Bewegungen, behände schlängle ich mich durch die Massen, flink und geschickt, während der durchschnittliche Berliner, egal ob Ureinwohner oder zugezogener Medieninformatiker, sich mit der Sensibilität einer Planierraupe durch die Menge schiebt, Leute anrempelt und Ellbogen ausfährt. Dabei müssten sie doch nur in Ruhe das Flusspferd betrachten! Das würde überhaupt so vielen Menschen gut tun!

Man sollte aufhören, über Personen wie beispielsweise Kate Moss in Zeitungen zu berichten. Man sollte ihnen helfen. Indem man sie ein halbes Jahr in ein Flusspferdgehege sperrt. Salat gibt es darin genug, denn das Flusspferd lebt gesund. Und dann soll Kate Moss mal gucken, wie das Flusspferd zum Frühstück seine zwei Doppelzentner Grünzeug verputzt. Wenn man sie dann nach dem halben Jahr wieder raus lässt, ist sie entweder geheilt und erleuchtet, und wenn immer noch nicht, dann ist es letztlich auch egal.

Selbst *Bild*-Chefredakteur Kai Dieckmann, bei dem man ja eigentlich auf eine Verbesserung nicht mehr zu hoffen wagt, könnte vielleicht doch noch geholfen werden. Ein Jahr im Flusspferdtank würde ihn lehren, dass man ganz entspannt und glücklich ganz für sich auch in seiner eigenen Kloake leben kann, dass man gar nicht unbedingt andere ungefragt in die Kloake hineinziehen muss. Und, ganz nebenbei, vielleicht würde ein Jahr Einweichen im Flusspferdsud seine durch unsachgemäße Dauereingelung vermutlich längst verpanzerte Kopfbehaarung doch noch irgendwie wieder lösen können.

Ganz zu schweigen von den erwähnten Jugendgangs, ob türkisch, arabisch oder deutschnational: Das Flusspferd würde sie schon schnell lehren, wie weit es mit ihrer Großmäuligkeit her ist. Das Flusspferd könnte uns allen so vieles lehren!

Darum glaubt mir, Freunde, wenn ich euch sage: Und würde morgen die Welt untergehen, so würde ich mich heute noch vor ein Flusspferdgehege pflanzen.

I.

Die Jugendlichen heute sind da viel lockerer

Zoodirektor

LOKOMOTIVFÜHRER ODER FEUERWEHRMANN wollte ja schon in den 70er-Jahren niemand mehr werden. Eher Rennfahrer, Astronaut, Bankchef oder Atomphysiker. Mich hat diese Diskussion nie berührt, ich wusste immer ganz sicher, was ich werden wollte: Zoodirektor. Und da meine Kompetenz und Eignung für diesen Job so vollkommen offensichtlich war, sah ich auch gar nicht ein, wieso ich damit warten sollte, bis ich groß wäre. Also ernannte ich mich einfach selbst zum Direktor des »Zoo Gremmendorf«, den es jetzt nur noch zu gründen galt. Ich malte es mir paradiesisch aus: Ich könnte meine Leidenschaft zum Beruf machen, die Leute würden Schlange stehen und Eintritt zahlen, und Mädchen, ach, Mädchen! Darum würde ich mir als erfolgreicher Zoodirektor nun wirklich keine Sorgen machen müssen. Ich könnte mir aussuchen, ob ich mit Sabine aus der Pommernstraße gehen würde oder mit Rendel aus der Hohmannstraße, und vor allem müsste ich mich nicht mehr mit der doofen Michaela abgeben, die ja leider die Einzige war, die irgendwie immer übrig blieb, und besser die, als gar keine, so wie der dumme Hubert, aber sobald uns keiner mehr sah, schubste ich sie weg und rannte nach Hause. Ganz gleich – das alles würde bald ein Ende haben.

Zunächst mussten einige architektonische Probleme gelöst werden. Leider war mein Budget sehr knapp, und von denen da oben – sprich: meinen Eltern – war natürlich kein Geld zu erwarten, an Bildungseinrichtungen wird ja immer zuerst gespart. Aber das machte nichts. Ich trug einen größeren Bestand an Einmachgläsern aus dem Vorratskeller meiner Mutter zusammen, und dazu – damit meine Eltern dann nicht wie bei jeder Einweihung neuer Gebäude in Münster jammern würden, dass das doch nur hässliche gleichförmige Klötze seien – noch einige Elemente zur baulichen Auflockerung: Margarine-Dosen, Zigarrenschachteln, Marmeladengläser, eine Tupperdose sowie eine Eisbox. Der Bau selbst gestaltete sich einfach: Ich verteilte die Gläser und Kisten nach einem ausgeklügelten System, das ich mir zuvor aufgezeichnet hatte, quer über den gesamten Garten. Wie in jedem richtigen Zoo bekam jedes eine Nummer, die ich gleich auf dem Lageplan eintrug, der somit auch als Zooführer dienen konnte, den ich zur Mehrung meiner Reichtümer und zur Erfüllung des Bildungsauftrages an die Besucher verkaufen könnte. Wie in Zoos üblich, legte ich auch Wege zwischen den Gehegen an. Hier mussten zunächst einzelne Steine reichen, die den Weg vom Rest des Rasens z.B. abtrennten, denn ich hatte mir ein geschicktes Schlangenliniensystem ausgedacht, um so ein richtiges Wegenetz und damit verbunden einen großzügigeren Eindruck der Zoofläche zu schaffen.

Als Nächstes ging es daran, den Tierbestand zusammenzustellen. Das war die leichteste Aufgabe, denn ich kannte sie alle, ich wusste, wo sie sich verbargen, und ich war gut und schnell. Als Erstes zog eine kleine Herde Mauerasseln in eine Margarinedose. Die wohnten unter den Gehwegplatten im Hintergarten, die hatte ich sofort. Leicht waren auch ein paar Hausspinnen und Weberknechte, auch deren Habitate im Geräteschuppen kannte ich exakt. Ich war sehr wählerisch und unterzog alle erbeuteten Spinnentiere einer eindringlichen Prüfung, aber schließlich hatte ich eine kleine Kollektion der Größten und Schönsten unter ihnen zusammengestellt. Die kamen einzeln in die Einmachgläser. Die Marienkäferlarven musste ich nur von den mit Läusen befallenen Pflanzen absammeln, die waren für den Kinderzoo. Die erwachsenen Käfer kamen dagegen in ein Einmachglas, weitere wurden befüllt mit Heuhüpfern, Kartoffel- und Laufkäfern, Tausendfüßern und Ohrenkneifern. Und schließlich hatte ich auch noch echtes Jagdglück, und stolz konnte ich eine der Großanlagen mit einem Hundertfüßer besetzen, ein wildes, schnelles, unberechenbares und einzelgängerisches Tier, aber ich trieb es geschickt in mein Fangglas. Weitere Spezial-Anlagen waren ein großes Aquarium, in dem ein Wasserkäfer sowie eine wirklich furchterregende Libellenlarve präsentiert wurden, und die Freiflugvoliere, in die ich zwei Zitronenfalter setzte. Sorgfältig trug ich die Artnamen in den Zooführer ein, malte erst einmal 50 Exemplare für den Anfang, und jetzt brauchte es nur noch eines: eine große, engagierte Werbekampagne. Ich malte Dutzende Flugblätter, auf denen ich die Neueröffnung des »Zoo Gremmendorf« verkündete, Öffnungszeiten täglich von 15-18 Uhr, Eintritt 50 Pfennig. Die steckte ich im ganzen Viertel in alle Briefkästen. Ich hatte erst erwogen, meine Freunde und Bekannten persönlich einzuladen, aber nahm dann doch davon Abstand. Ich wollte echte, selbst erarbeitete Besucher, sonst bräuchte ich schließlich keinen Zoo zu eröffnen.

Am ersten Tag setzte ich mich um halb drei vorne an die Straße, ein großer Karton diente als Kassenhäuschen, darauf stellte ich eine unbesetzt gebliebene Margarineschachtel für die Einnahmen. Erwartungsvoll blickte ich die Straße entlang. Mehrere Leute kamen in Sichtweite. Meine ersten Besucher? Aufgeregt harrte ich der Dinge.

Nein, sie gingen einfach vorbei. Vielleicht trauten sie sich nicht rein? Sie mussten doch von dem neuen Zoo gelesen haben! Als um vier immer noch niemand da war, wurde ich misstrauisch. Was hatte ich falsch gemacht? Ich überlegte fieberhaft ... Ich Idiot! Natürlich! Ich hatte das Eingangsschild vergessen! Blitzschnell rannte ich ins Haus, um eines zu malen: ZOO GREMMENDORF, in Großbuchstaben, na also! Ich klebte es über den Briefkasten und setzte mich wieder ans Kassenhäuschen. Aber es geschah auch weiterhin nichts. Nur mein Vater kam von der Arbeit, sah mich, schüttelte still mit dem Kopf und ging rein. Ich hätte ihn natürlich fragen können, ob er nicht meinen neuen Zoo angucken mochte, aber um nichts in der Welt wollte ich mir diese Blöße geben, nein, da sollte er mal schön selbst ankommen, der feine Herr Papa, wenn die Nachbarn es ihm hinter vorgehaltener Hand ins Ohr flüstern würden, was für einen tollen Zoo sein Sohn da aufgebaut habe, und er würde ganz beschämt sein, dass er selbst ihn noch gar nicht gesehen hat, ja, dass er ihn nicht einmal *bemerkt* hat! Der Eröffnungstag war, das musste ich mir um sieben eingestehen, eine Pleite auf der ganzen Linie. Abends in meinem Zimmer beschloss ich, die Werbung zu intensivieren. Fieberhaft malte ich neue Zettel, die ich am nächsten Morgen vor Schulbeginn im Viertel verteilen würde, und senkte den Preis auf 20 Pfennig. Ich deklarierte es als großes Eröffnungsangebot. Am nächsten Mittag bezog ich wieder Stellung. Und tatsächlich, um viertel nach drei kamen die ersten Besucher. Mist, es war nur der doofe Herwig mit seinem Vater, der sich ohnehin immer mit mir zum Spielen treffen wollte, dabei ging der nun wirklich gar nicht, ich wäre bei den anderen sozial geächtet, würde ich mich mit Herwig verabreden, aber das spielte in diesem Moment keine Rolle: Dies hier war beruflich, da musste man einfach ganz Profi sein. Souverän begrüßte ich meine Gäste, nahm ihnen zwei mal 20 Pfennig ab und dazu noch einmal 50 Pfennig für den Zooführer, dann führte ich sie durch die Sammlung. Ein erhebendes Gefühl! Nach dem Rundgang fragte Herwig natürlich gleich, ob er nicht mitmachen dürfe, er könne ja die Gehege saubermachen oder an der Kasse sitzen, aber ich musste ihm verkünden, dass wir derzeit leider noch keine Stelle zu besetzen hatten. Auch sein Ansinnen, dass wir doch noch gemeinsam spielen könnten, es wären doch eh keine Besucher da, wies ich brüsk zurück. Ich hatte zu tun. – Leider dann doch nicht, wie sich später herausstellen sollte, aber abends betrachtete ich fasziniert meine ersten eigenen Einnahmen, wieder und wieder zählte ich sie durch, der Grundstock für mein zukünftiges Vermögen. Und am nächsten Tag geschah es dann: Sabine! Sabine kam, um meinen Zoo zu besuchen. Ich hätte sie natürlich am liebsten einfach so reingelassen, aber das ging ja nun nicht, da musste man Privates von Geschäftlichem trennen, und so nahm ich ihre 70 Pfennig und führte sie herum. Da würden die anderen in der Schule morgen aber gucken, wenn Sabine jetzt plötzlich mit mir ging. Ich zeigte ihr die Mauerasseln, die sie nicht sonderlich beeindruckten. Bei den Spinnen sagte sie nur: »Iiiih, die sind ja voll eklig.« Ich war irritiert. Die schönen Spinnen! Aber ich würde sie schon noch rumkriegen. Die Schmetterlinge! Mädchen mochten Schmetterlinge, da war ich mir sicher. Also führte ich sie zur Freiflugvoliere. Die hätte ich allerdings vor der Öffnung noch mal kontrollieren sollen, die beiden tot auf dem Boden liegenden Zitronenfalter waren jetzt natürlich nicht so vorteilhaft. Auch im Aquarium war es zu einem Zwischenfall gekommen: Die Libellenlarve hatte den Wasserkäfer aufgefressen. Na ja, das konnte Sabine ja nicht wissen. Konnte sie doch: »Hier steht aber was von einem Wasserkäfer!«, deutete sie auf den Eintrag in meinem Plan, und ich stammelte irgendwas von der nächsten Erweiterungsstufe. Aber was sollte es, jetzt kam schließlich der ultimative Höhepunkt: der Hundertfüßer! Mit dem würde ich sie um den Finger wickeln. Feierlich öffnete ich die Schachtel, hob den kleinen Stein hoch, unter dem die Bestie saß – und tatsächlich: Aufgebracht flitzte er durch sein Gehege, respektgebietend und ehrfurchteinflößend, dieser wilde Jäger des Gartens, der König der Beete. »Boah, das ist ja voll eklig«, befand Sabine und präzisierte: »Du bist echt krank!« Sagte es, ließ mich stehen und ging nach Hause. Perplex schaute ich ihr hinterher. Ich beschloss, den Zoo für heute zu schließen, heftete ein Zettelchen an den Briefkasten – »Wegen Umbau vorzeitig geschlossen« –, ging in mein Zimmer und weinte ein bisschen.

Als ich am nächsten Mittag von der Schule kam, empfing meine Mutter mich aufgebracht an der Tür. »Was hast du da denn schon wieder angestellt!«, rief sie, »die ganzen Einmachgläser, alle im Garten herumgeschmissen und total verdreckt, die musste ich alle in die Spülmaschine packen!« Ich erstarrte. »Und die gute Tupperdose! Junge, die kannst du doch nicht einfach total einsauen, wieso hast du denn da überall Dreck reingefüllt, was soll denn das!?« Ich rannte nach draußen, aber es war nichts mehr zu retten. In der Mülltonne fand ich nur noch die Margarinedosen, aus denen ich die Kellerasseln befreien und wieder aussetzen konnte, aber der Rest der Sammlung war verloren. Der ganze Zoo – durch eine einzige Katastrophe ausgelöscht. Wie der Münsteraner Zoo im Zweiten Weltkrieg, dachte ich, denn das kannte ich von den großen Tafeln dort im Eingangsbereich. Es schien ein Fluch zu liegen über dieser Stadt.

Mein Freund ist Ausländer

ICH WUCHS AUF IN DEN ACHTZIGER-JAHREN im bürgerlich geprägten Vorort Gremmendorf der bürgerlich geprägten Stadt Münster. Dort gab man sich weltoffen. Man war zwar konservativ, jedoch in vernünftigem – sagen wir mal: CDU-konformem – Rahmen liberal. Man hatte also nichts gegen Ausländer. Das sind nämlich oft ganz ordentliche Leute. Sehr fleißig. Die Pizzabäcker zum Beispiel. Allerdings gab es damals keine Pizzeria in Gremmendorf. Aber in Hiltrup, und die sind da sehr anständig, sagten die Richters jedenfalls. Rassismus, Ausländerfeindlichkeit, all die fiesen Sachen aus dem Fernsehen waren in Gremmendorf nicht wohl gelitten. So etwas gab es dort nicht. Ausländer allerdings auch nicht. Außer den Engländern. Davon gab es massenhaft, denn Gremmendorf war besetzt. Im Grunde war ja ganz Münster, um nicht zu sagen ganz Nordrhein-Westfalen besetzt von den Engländern, nach dem Krieg nämlich, aber inzwischen waren das ja gar keine richtigen Besatzer mehr, und sie fielen auch kaum auf. Die »Tommys«, wie mein Vater sie im vertraulichen Kreis manchmal nannte, das aber sicher nicht böse meinte, sollte es überhaupt irgendetwas Böses bedeuten, hatten hinter ihren hohen Mauern mit dem aufgesetzten Stacheldraht angeblich alles: Schulen und Läden und sogar eine Videothek, munkelte man. In Gremmendorf gab es keine Videothek. Etwas geheimnisvoll war es also schon, und fasziniert blickte ich auf die Abgrenzungen des Kasernengeländes, das zwischen meinem Stadtteil und der *City* lag, wann immer wir in die Innenstadt fuhren. Wohnen allerdings taten die Engländer dort nicht, sondern ein paar Straßen entfernt von unserem Haus, in einem Viertel, dessen Straßennamen ausgerechnet die abhanden gekommenen Ostgebiete in Erinnerung hielten. Die englischen Wohnhäuser standen in der Pommernstraße, der Schlesienstraße, auf dem Ostpreußenweg. Von der Anwesenheit der Engländer in der direkten Nachbarschaft bekamen wir Kinder aber nicht mehr mit, als dass zweimal jährlich die Scheiben klirrten, der Erdboden erzitterte und infernalischer Lärm vom Albersloher Weg drang. Dann fuhren sie mit ihren Panzern über die Straße, zum Manöver, wie Mutter erklärte, und Vater kam nach der Arbeit fluchend zu spät nach Hause, weil deswegen die Ausfahrtsstraße verstopft war und er im Stau stand. Alle Kinder in Gremmendorf sind so aufgewachsen. Nachdem sie in ihrem ersten Lebensjahr zweimal ordentlich durchgeschüttelt worden sind, haben sie sich daran gewöhnt, und später nahmen sie kaum noch Notiz von dem Ereignis; nur die Hausfrauen wussten dann, dass sie noch etwas Zeit hatten, bis sie die Kartoffeln aufsetzen mussten.

Abgesehen von den Panzerkolonnen auf der Straße bekamen wir die Engländer eigentlich nie zu Gesicht. In der Schule nicht, denn sie hatten ihre eigenen Schulen, im Supermarkt nicht, denn sie hatten ihre eigenen Supermärkte, und in der Kirche auch nicht, denn sie hatten überhaupt keine richtige Kirche, wie Pfarrer Ording erklärte, aber trotzdem seien sie ganz anständige Menschen. Nur ihre Kinder spielten gelegentlich wie wir draußen, aber auf ihren Straßen, drüben in den Ostgebieten, nicht bei uns auf dem Otto-Hersing-Weg (laut Straßenschild: »Berühmter U-Boot-Kommandant im 1. Weltkrieg, Retter der Dardanellen«). Pommern und die Engländer waren für uns gleichermaßen weit entfernt. Etwas, von dem man wusste, dass es existierte, mehr nicht. Wir blieben in unserer Straße, die mir zehn Jahre später völlig überraschend eine gelbe Ecke im *Trivial Pursuit* bescheren sollten, obwohl ich keine Ahnung hatte, wer die Dardanellen überhaupt waren. Als Kind hatte ich mir unter ihnen so etwas wie ein wildes Reitervolk vorgestellt, die Nachbarn der Tartaren und der Mongolen sozusagen, die vom tapferen Namenspatron unserer Straße vermutlich vor den bösen Russen geschützt wurden.

Denn obwohl Ausländern insgesamt nichts vorzuwerfen war, verhielt sich das beim Russen doch deutlich anders. Als kleiner Junge, als sich allmählich herausstellte, dass die Welt insgesamt doch erheblich unübersichtlicher war, als zunächst angenommen, bemerkte ich eines Tages plötzlich, dass der Eiserne Vorhang direkt entlang unserem Vorgarten verlief, zwischen uns und unseren Nachbarn, mit deren einige Jahre älteren Kindern ich groß geworden war, na ja, so groß wie man als Zehnjähriger eben ist. Es war 1980, die Geschwister von nebenan trugen seit neuestem Strickpullover und lange Haare, was meine Eltern für hinnehmbar hielten, solange diese gepflegt seien, aber ich wurde dennoch zum Frisör gezwungen. Jedenfalls erfuhr ich von den Nachbarskindern Schreckliches über Atomwaffen: dass die uns alle umbringen würden, wenn die Amerikaner durchdrehten. Ich bekam Angst und begann hysterisch zu heulen. Wir würden alle sterben! Offenbar etwas verunsichert über die Wirkung ihrer politischen Mission versuchten sie, mich zu trösten. Sie würden bald nach Bonn fahren, um gegen irgendeinen Doppelbeschluss zu demonstrieren, das sei ganz wichtig, und außerdem könnte man bei der Bundestagswahl demnächst ja jetzt auch die Grünen wählen, die seien dagegen, dass wir an Atomstrahlen sterben. Ich beruhigte mich allmählich wieder. Es gab also Hoffnung.

Zu Hause fragte ich meine Eltern gleich, wann wir nach Bonn fahren würden. Mein Vater war entgeistert. Wir würden überhaupt nicht nach Bonn fahren, und schon gar nicht an einer Demonstration teilnehmen, das seien doch alles nur langhaarige Chaoten, die von Moskau gesteuert würden. Ich fing an zu kreischen. Aber ich hatte noch Hoffnung und fragte, ob sie denn wenigstens die Grünen wählen würden? Mein Vater verneinte schockiert, ich schrie wie am Spieß und warf ihm vor, dass er Schuld sei, dass wir jetzt alle an Atomen sterben mussten. Er schickte mich aufs Zimmer, ich heulte weiter, und später setzte er sich zu mir ans Bett und erklärte mir, dass die russischen Menschen sicher auch irgendwie ganz nett seien, aber ihre Regierung, die würde uns überfallen und ausrauben, wenn man sie ließe, aber die Amerikaner und die Engländer beschützten uns, und dafür brauchten sie die Atomraketen. Ich beruhigte mich allmählich wieder, hatte aber in der folgenden Zeit nachts ständig Albträume, in denen gemeine Strahlen sich durch mein Herz bohrten, und ein tief sitzender Zweifel wuchs allmählich in mir heran, denn es war ja ganz offensichtlich, dass hier eine meiner beiden wichtigsten Bezugsgruppen – nämlich die Nachbarskinder oder meine Eltern – sehenden Auges unser aller Tod riskierten, und dass es offenbar auch gar nicht stimmte, dass alle Ausländer anständig waren, denn entweder waren ja nun die Russen oder die Amerikaner und die Engländer mindestens zweifelhaft, ja, irgendwie schien überhaupt vieles nicht zu stimmen.

Dass wurde mir noch um einiges klarer, als ich ein Jahr später tatsächlich meinen ersten richtigen Engländer traf. Mitten auf dem Otto-Hersing-Weg. Er war ungefähr so alt wie ich und konnte ein paar Brocken Deutsch. Ich war unglaublich aufgeregt und so freundlich zu ihm wie möglich, um zu beweisen, dass ich ganz bestimmt nichts gegen Ausländer hatte. Er bestaunte mein neues Fahrrad und wollte damit mal eine Runde drehen. Begeistert gab ich es ihm. Ich sah ihn nie wieder. Mein Fahrrad natürlich auch nicht. Mein Weltbild erzitterte, als sei schon wieder Manöver. Und als schließlich zwei Tommys vor der Kasernenmauer in Gremmendorf aus einem fahrenden Auto heraus von der IRA niedergeschossen worden waren, und ich einige Tage darauf mit meinen Kumpels ehrfurchtsvoll die Einschusslöcher in den Ziegelsteinen betrachtete, da hatte ich endgültig begriffen, dass die Welt größer und komplexer war, als mein Stadtteil dies ursprünglich vermuten ließ.

Tante Clara sitzt in der Falle

IMMER, WENN WIR TANTE CLARA besuchten, sagte meine Mutter gleich nach der Begrüßung, dass man hier erst einmal ein bisschen Ordnung in die Küche bringen müsse. Tante Clara wehrte sich nur lustlos, pro forma sagte sie etwas wie »Ach, lass nur, Marianne, ich mach das doch schon«, aber sie wusste ebenso gut wie ich, dass es sinnlos war. Also deckte sie stattdessen den Kaffeetisch und ging ganz auf in dieser Tätigkeit. Wie ein überdimensionierter Nachtfalter schwirrte sie herum, flatternd und brummend und torkelnd, und brachte bald die Tassen, bald den Kuchen und für mich den Kakao herein. Derweil hörte man es aus der Küche klirren und scheppern, und aus dem Wohnzimmerfenster sah ich, wie meine Mutter mit großen Einkaufstüten zu unserem Auto ging und diese dort einlud. Der Vorgang war so normal, dass ich niemals fragte, wozu dieses Ritual eigentlich diente. Ich hasste diese Besuche, die Stimmung war niemals gut, und Tante Clara ging mir auf die Nerven, weil sie immer ganz aufgeregt war und ständig alles Mögliche von mir wissen wollte. Natürlich nie etwas Interessantes. Nie fragte sie mich danach, ob die Erdkröten schon wieder in den Tümpeln eingetroffen wären oder welcher Wombel der Klügste sei, sondern sie wollte immer nur wissen, was wir denn in der Schule durchnähmen und ob ich schon »eine kleine Freundin« hätte. Vor allem letztere Frage empfand ich auch im Grundschulalter schon als unangemessene Einmischung. Was ging denn das die Tante an? Aber sie ließ sich nicht abschrecken, immer wieder versuchte sie, eine begeisterte Unterhaltung zu initiieren, während ich einfach in Ruhe spielen wollte und hoffte, dass meine Mutter schnell wieder auftauchte, weil sie dann Tante Claras Aufmerksamkeit auf sich ziehen würde. Außerdem quälte mich die Sorge, dass die Prozedur sich zu lange hinziehen könnte und wir nicht rechtzeitig zur »Biene Maja« zurück sein würden.

Einmal nämlich trug ich ein schweres Trauma davon. Ausgerechnet die Folge »Flip sitzt in der Falle«. Die Fernsehzeitung hatte ein Szenenbild abgedruckt, das den Grashüpfer Flip in einer Venusfliegenfalle zeigte, die er mit allen sechs Beinen auseinanderstemmte, und sein Gesichtsausdruck ließ eindeutig erkennen, dass es eine große Kraftanstrengung erforderte und er nicht mehr lange durchhalten würde. Ich war schon Tage vorher aufgeregt und fieberte der Sendung entgegen. Meine Mutter versprach, dass wir rechtzeitig zurück sein würden, aber ich blieb unruhig an diesem Nachmittag, als ahnte ich schon etwas. Noch als wir bei Tanta Clara losfuhren, versicherte sie mir, es wäre kein Problem, wir kämen rechtzeitig zurück. Dann hielt sie wie immer an den Glascontainern, weil sie die Tüten eben noch aus dem Auto haben wollte, als überraschend Frau Reiter auf dem Fahrrad vorbeifuhr, während meine Mutter die Flaschen fast sanft in die Öffnungen geleitete. Frau Reiter hielt und wollte vom Rad absteigen, meiner Mutter schien das nicht recht zu sein, sie eilte ihr zum Straßenrand entgegen, um ein lebhaftes Gespräch mit ihr zu beginnen. Ich war verunsichert. Sie hatte gesagt, wir wären locker pünktlich zurück, ich zermarterte mir den Kopf, wie lange ein Grashüpfer so eine fleischfressende Pflanze wohl aufgesperrt halten könnte, die beiden Frauen bewegten sich in Richtung des Mietshauses, wo wollten die hin, wir mussten doch weiter!? Entsetzt beobachtete ich, wie sie in einem Hauseingang verschwanden. Aber sie wusste doch, dass wir um 18.20 Uhr daheim sein mussten! Im Auto gab es keine Uhr, ich schwankte zwischen Vertrauen und Zweifel, sie hatte es doch versprochen! Endlich tauchten sie wieder auf, verabschiedeten sich, meine Mutter schob hastig die letzten Flaschen ein, dann fuhren wir los. Ich war sehr erleichtert. Während sie die Haustür aufschloss, riet sie mir, schnell zum Fernseher zu laufen, damit ich die letzten fünf Minuten noch sehen könnte. Mich traf es wie ein Schlag. Ich wollte es nicht glauben, aber tatsächlich, Kurt der Mistkäfer, der so gerne ein Rosenkäfer gewesen wäre, saß mit Willy, Flip und Maja herum, und alle wirkten sehr glücklich und freuten sich, es war eindeutig, sie hatten es geschafft, und mir war dieses Abenteuer entgangen. Ich fing an zu schreien. Aber statt mich zu trösten und ein schlechtes Gewissen angesichts dieses fundamentalen Vertrauensbruchs zu zeigen, brüllte meine Mutter mich an, ich solle mich wegen der Scheißsendung nicht so aufregen, das wäre doch völlig egal, fast hätte Frau Reiter gesehen, wie sie die ganzen Schnapsflaschen von Clara weggeworfen hätte, was soll die denn bloß denken, und ob ich glaubte, ihr würde das Spaß machen! Dann brach sie in Tränen aus, was ich noch schockierender fand als die entgangene Rettungsaktion für Flip. Ich spürte eine lähmende Hilflosigkeit. Sie riss sich schnell wieder zusammen, versuchte mich jetzt doch zu trösten, aber ich verstand gar nicht, was passiert war, wieso durfte Frau Reiter nicht wissen, dass sie die Flaschen von Tante Clara wegwarf, das machte sie doch jede Woche, das war doch nichts Besonderes?!

Der Vorfall trug nicht dazu bei, dass ich den Tantenbesuchen mehr Begeisterung entgegenbrachte. Ab da fuhren wir auf dem Rückweg auch immer einen größeren Schlenker zu einem anderen Glascontainer, in Wolbeck, wo wir niemand kannten. Dafür lag auf dem Rückweg eine Eisdiele, an der wir danach hielten, was mich noch eine Weile mit den Clara-Ausflügen versöhnte, aber bald schon gab meine Mutter auf, mich mitzunehmen, und zunehmend fuhr sie selbst immer seltener. Tante Clara begegnete mir dann fast nur noch am Telefon. Meistens sehr spät abends, zu einer Zeit, zu der niemand sonst anrief. Mein Vater verdrehte die Augen und sagte zu meiner Mutter: »Geh du mal ran, das ist doch sowieso die Clara.«

Als ich etwas älter wurde, erweiterte sich der Kreis der potenziellen abendlichen Anrufer exponentiell, sodass meist ich ans Telefon ging, aber wenn ich Pech hatte, erwischte ich die Tante. Sie klang meist sehr merkwürdig, ich ahnte, dass sie betrunken sein musste, und versuchte, sie so schnell wie möglich an meine Mutter weiter zu vermitteln, was nicht immer leicht war, denn Clara war entzückt, mich zu sprechen, hatte aber ihr Repertoire an Gesprächsthemen in den vergangenen Jahren nicht erweitert. Inzwischen berührte mich allerdings die Frage, ob ich denn nun »eine kleine Freundin« hätte, noch erheblich unangenehmer. Einmal waren meine Eltern abends unterwegs, und ich hatte Clara am Ohr und keine Chance, sie unauffällig schnell loszuwerden.

»Ich muss weg, Tante Clara«, versuchte ich es. Sie hörte es gar nicht. »Weißt du, ich habe ja immer alles nur geschluckt, ich habe ja nie was gesagt.«

»Tante Clara, ich bin verabredet, ich muss gleich los.«

»Aber das hat jetzt ein Ende, weißt du, Junge? Man muss auch mal was sagen, weißt du? Man darf sich nicht alles gefallen lassen.«

»Ja, Tante Clara, sicher. Lass dir nichts gefallen. Ich muss jetzt aber weg.«

»Ja, und immer wollen sie nur was von einem, immer heißt es nur: Clara, mach hier, Clara, mach da.«

»Ja, Tante Clara, das solltest du dir nicht gefallen lassen. Ich muss jetzt aber ...«

»Was habt ihr eigentlich in der Schule, Junge?«

»Tante Clara, wirklich, ich muss jetzt ...«

»Wir sprechen so selten miteinander. Da kannst du doch wohl mal sagen, was ihr so gerade in der Schule habt! Da kann man der Tante doch mal kurz was erzählen! Das ist doch nicht zu viel verlangt!«

»Ja, also, gut, wir haben Dreisatz und den Schimmelreiter.«

Schweigen am anderen Ende.

»Tante Clara?«

»Man darf sich nicht alles gefallen lassen, Junge.«

»Ja, Tante Clara. So, jetzt muss ich aber ...«

»Hast du denn inzwischen eigentlich eine kleine Freundin?«

»Tante Clara!«

»Kannst du deiner alten Tante doch sagen, Junge! Du musst doch mal eine kleine Freundin haben, das ist so wichtig, Junge. Man darf sich nicht alles gefallen lassen. Immer nur: Clara hier, Clara da!«

»Ja, Tante Clara, lass dir nichts gefallen. Wir sehen uns sicher bald. Ich muss jetzt Schluss machen.«

»Was habt ihr denn gerade in der ...«

Ich legte auf und fühlte mich sehr schlecht.

Ich sah sie nie wieder. Ihre Oesophagus-Varizen hatten nicht dicht gehalten, kurz bevor ich mein Abitur machte. Wir fuhren hin, und als wir in ihre Straße einbogen, wurde mir klar, wie lange ich schon nicht mehr dort gewesen war. Ich dachte an Flips verzweifelten Gesichtsausdruck, als er in der Falle saß. Im Haus erwartete uns eine ziemliche Sauerei. »Dann lass uns mal als Erstes die Schnapsflaschen hier raus schaffen«, sagte meine Mutter nach erster Sichtung der Lage. Es wurde eine ganze Wagenladung voll. »Ich glaube, ich versuche jetzt mal, die Blutspritzer von der Tapete zu waschen. Vielleicht kannst du ja schon mal zum Container fahren.« Ich nickte und fuhr los.

Ich kam mir sehr merkwürdig vor, als ich in Wolbeck die Tüten aus dem Auto lud.

Startschwierigkeiten

Es ist nicht unbedingt für jeden leicht, den allgemeinen und vor allem den eigenen Anforderungen an die sexuelle Entwicklung zu entsprechen. »Du wirst jetzt bald ein Mann!«, vertraute mein Vater mir eines Tages an, und mir schwante Furchtbares, denn ich war zwar noch unerfahren, aber doch längst aufgeklärt und hatte nicht die geringste Lust, dieses delikate und verwirrende Thema ausgerechnet mit ihm zu erörtern. Den Versuch unterließ er dann aber auch dankenswerterweise und drückte mir nur eine kleine Aufklärungsfibel in die Hand, in der zwar absolut nichts Neues stand, deren nüchterne anatomische Zeichnungen mir aber dennoch eine ganze Weile als Masturbationsvorlagen dienten – es gab damals ja noch kein Internet.

Der Wunsch jedoch, das theoretische Wissen ersten Praxistests zu unterziehen, wuchs. Eine ganze Weile schon hatte ich mich in Tanja verguckt, die mit mir bei der Schülerzeitung mitmachte. AIDS war in den frühen 80er-Jahren zum Thema geworden, Schüler unserer bischöflichen Schule aber waren nach Meinung des Kollegiums wohl immun; erst spät begann so etwas wie eine Erörterung – im Religionsunterricht, mit dem Slogan des Kohlschen Gesundheitsministeriums »Treue ist der beste Schutz«. Das war uns dann doch zu realitätsfremd, und so schrieben wir einen kleinen Artikel dazu, die AIDS-Hilfe sponsorte eine Kiste Kondome, und wir konnten jedem Heft eines beilegen. Die Aktion führte zu einem raschen Ausverkauf der Zeitschrift und einer ebenso schnellen

Einbestellung beim Direktor. Tanja und ich mussten uns verantworten, und Tanja argumentierte, dass die meisten Schüler heutzutage ihre ersten sexuellen Erfahrungen nun einmal viel früher machten. Ich hatte bislang erst eine Freundin gehabt, das war Tina in der vierten Klasse, und ich hatte sie einmal auf die Wange geküsst. Und nun saß meine Lieblingsfantasie Tanja neben mir, zwinkerte mir zu und sagte dann dem Direx ins Gesicht: »Wissen Sie, in unserem Alter haben doch längst alle ihre Erfahrungen. Die Jugendlichen heute sind da viel lockerer.« Ich nickte, verkrampft wie selten.

Immerhin folgte bald darauf so etwas wie ein erstes Erlebnis. Bei einer Feier, wir experimentierten damals einleitend mit der Wirkung von Alkohol, landete ich irgendwie neben ihr. Nachdem wir eine ganze Weile nebeneinander gesessen hatten, nahm ich irgendwann allen Mut zusammen und berührte sie vorsichtig und wie zufällig mit der Hand. Sie rückte nicht weg. Ich war verblüfft. Trotzdem traute ich mich nicht, sie anzusehen, und starrte angestrengt mit unbewegter Miene geradeaus, biss die Zähne zusammen und schob meine Finger Millimeter um Millimeter weiter. Sie krochen langsam, zeitlupenartig, auf ihren Rücken, bald lag dort die ganze Hand, sie krochen immer weiter, ich war wie in Trance, nichts passierte, ich meine, Tanja explodierte nicht oder so, sie schrie auch nicht auf, sie blieb einfach ruhig sitzen, während meine Finger weiter tasteten, noch ein Zentimeter und noch einer, irgendwann an der anderen Seite ihres Körpers ankamen, nicht recht weiter wussten, der Linie folgten, bis sie irgendwann irritiert innehielten. Ich bekam einen Riesenschreck, als mir schlagartig klar wurde, was passiert war: Ich hatte meinen Arm ganz um sie gelegt, und die Hand war mitten auf ihrer linken Brust zum Ruhen gekommen, ganz deutlich spürte ich jetzt die Rundung. Ich war wie gelähmt. Ich hatte keine Ahnung, wie ich weitermachen sollte. Die Hand wegnehmen ging natürlich aber auch nicht, das hätte sie womöglich falsch interpretiert und mir alle Chancen versaut. Also verfiel ich einfach in Schreckstarre und traute mich kaum noch zu atmen. Keine Ahnung, wie lang wir da so saßen. Ich nahm nichts mehr wahr – mir war nicht einmal klar, was für ein merkwürdiges Bild wir für die anderen im Zimmer abgeben mussten, wie wir so dasaßen: stocksteif, bewegungslos, mein Arm um sie geschlungen, die Hand mitten auf ihrem Busen, kein Wort redend, stier und mit leeren Augen geradeaus guckend. Plötzlich bewegte sie sich, eine ungeahnte Glückswelle schwappte in mir hoch, ich wähnte mich am Ziel, als sie plötzlich ihren Kopf an meine Schulter anlehnte, bis mir klar wurde, dass die Mischung aus Untätigkeit und Alkohol sie einfach hatte einschlafen lassen. Ich wagte immer noch nicht, mich zu bewegen, und erst, als die anderen fahren wollten, raunte Jörg mir zu: »Ich glaube, du kannst jetzt loslassen«, und schüttelte sie wach. Betreten schlich ich den anderen zu unseren Fahrrädern hinterher.

Kurze Zeit später nahm die Sache einen rasanteren Verlauf. Ich stand mit Ines vor dem Hiltruper Kaufhaus, mehr zufällig. Ines war eine, die Freunde aus höheren Klassen hatte. Ich hätte erst gar nicht daran gedacht, mit ihr etwas anfangen zu können; daher ging ich recht unbefangen mit ihr um. Bis sie dort zu mir sagte: »Hey, willst du heute Abend mal bei mir vorbeikommen und meine Titten sehen?« Ich war völlig konsterniert, aber mein Leidensdruck war doch inzwischen groß genug, um mich sofort »ja« sagen zu lassen. »Gut«, sagte sie in siegesgewohnter, dezenter Langeweile, »dann geh da mal rein und klau einen Walkman für mich.« Ich war noch konsternierter.

»Was? Aber das geht doch nicht!«

»Was denn? Biste zu feige?«

»Nein, nein, natürlich nicht!« – natürlich war ich zu feige – »Nein, das ... das wäre nicht *richtig*.«

Jetzt schaute sie mich konsterniert an. Sie war es offenbar nicht gewohnt, Absagen zu erhalten, wenn sie derartige Angebote machte: »Hey, du kannst sie sogar anfassen!«, legte sie nach. Das konnte ich einerseits unmöglich ausschlagen, traute mich andererseits aber trotzdem nicht. Im Kopf rekapitulierte ich meine Taschengeldreserven und meine bisherigen Erfahrungen – die Abwägung ergab ein klares Bild: »Gut, ich kauf dir einen«, bot ich an. Es blitzte auf in ihren Augen. Sie nahm meine Hand, legte sie auf ihre Brüste, drückte sich ein wenig dagegen und fragte mich: »Und? Gefallen sie dir?«

»Äh, also, ich meine, ja, ja, sicher«, stotterte ich.

Sie stieß mich weg und klebte mir eine dabei: »Was glaubst du? Dass ich käuflich bin?«, schwang sich auf ihr Fahrrad und verschwand. Irgendwie ging die Sache nicht so recht voran.

Bis kurze Zeit darauf ein Kurstreffen in Ottmarsbocholt anstand. Der Mathelehrer hatte geladen, es gab reichlich Bier, und einige machten von dem Angebot Gebrauch, an dem entlegenen Ort in seinem Partykeller zu übernachten. Es war schon dunkel und wir lagen in unseren Schlafsäcken, als Wencke aus dem Bad in den Keller kam, die Tür hinter sich schloss, sich vorsichtig zu mir vortastete und sich neben mich legte. Diese Wendung überraschte mich etwas, nachdem sie den ganzen Abend mit Bernhard herumgeknutscht hatte. Nach einer Weile, als um uns herum die ruhigen Atemgeräusche vermuten ließen, dass die anderen schliefen, rückte sie plötzlich näher heran, ergriff meine Hand, führte sie in ihren Schlafsack und schob sie unter ihr T-Shirt. Zwar war ich wieder sehr erschrocken, aber ich hatte mir geschworen, mich bei der nächsten sich bietenden Gelegenheit nicht wieder derart bescheuert anzustellen. Also begann ich, sie vorsichtig zu streicheln. Ich konnte es kaum glauben – es klappte. Sie zögerte nicht, sondern schob prompt ihre Hand in meinen Schlafsack, um sich dort recht umstandslos und sehr zielgerichtet ans Werk zu machen. Sie gab ordentlich Stoff, und mir entfleuchte ein Stöhnen. »Psst...« flüsterte sie mir kichernd ins Ohr: »Direkt neben uns liegt Heiko, der merkt sonst noch was.« In dem Moment kam ich. »Hab schon was gemerkt«, flüsterte ich zurück. Schlagartig zog sie ihre Hand zurück, rückte von mir weg und drehte sich auf die Seite. Es war nicht ganz das, was ich mir erhofft hatte, aber das war jetzt auch gleichgültig. Ich lehnte mich noch einmal zu ihr rüber, flüsterte ihr leise ins Ohr: »Mir hat's Spaß gemacht«, und während sie irgendwas Unverständliches in ihre Isomatte grummelte, wischte ich mich unauffällig an ihrem Schlafsack trocken. Sollte sie doch sehen, wie sie das ihrer Mutter bei der nächsten Wäsche erklären würde.

Motherfucker

ALS WÄRE NICHT OHNEHIN SCHON ALLES kompliziert genug. Zu den Wirren des Erwachsenwerdens kam das Verwirrspiel mit den bereits Erwachsenen als nicht unerhebliche Hürde dazu. In Südamerika beispielsweise sind tagsüber die Stadtparks bevölkert mit jungen Liebespaaren, die Ruhe vor ihren Familien suchen. In Westfalen aber ist das Wetter zu schlecht, um sich in einen Park zu setzen. Die Münsteraner Jugend war also stets auf der Lauer, dass die Eltern mal nicht daheim waren, und dann musste noch schnell irgendwie das Date unter einem passenden Vorwand organisiert werden, oder wenn die Eltern, was nicht selten war, sich partout weigerten, ihr Haus jemals abends zu verlassen, dann musste alles sehr leise und heimlich vor sich gehen, was bei den quietschenden Federn der typischen in Schränke einklappbaren Jugendzimmerbetten ein sehr umsichtiges Vorgehen verlangte, aber gerade daran mangelte es ja damals erheblich. Es war ein Krampf. Später boten sich Autos als Alternative an. Ein Klassenkamerad berichtete davon, wie er panisch versucht hatte, die Rücksitze des elterlichen Opel Astra zu säubern. Zwar war er erfolgreich, doch traute er sich trotzdem die ganze Nacht nicht nach Hause, weil die Polster einfach nicht trocknen wollten. Die Sache mit dem Sitz fiel zwar nicht auf, aber natürlich tippten die Eltern angesichts des nächtlichen Fernbleibens auf die dann ja doch irgendwie auch richtige Ursache, und es gab einen Riesenärger und zweimaligen Taschengeldentzug. Der Depp. Später allerdings prahlte er vor den Kumpels, die im Wesentlichen über schüchternes Gestreichel noch nicht hinweggekommen waren, dass das Mädchen, mit dem er ging, ihm richtig einen geblasen habe. Alle waren sehr beeindruckt und neidisch. In vertraulicher Runde gestand er uns allerdings später unter dem Einfluss erster Alkoholgaben, sie hätte das lediglich aus Angst vor Verunreinigungen getan, sich dann furchtbar verschluckt, ihm deshalb schlimme Vorwürfe gemacht und sich sofort von ihm getrennt. Als wäre eben nicht alles schon kompliziert genug.

So gesehen hätte ich eigentlich froh sein sollen. Sie wohnte im Emmerbachtal. Die Neubausiedlung, wo die jungen Lehrerfamilien ihre Doppelhäuser aufgestellt hatten. Wo es Bürgerinitativen gab. Wo man, wenn man zu Besuch war, der Mutter, die einem geöffnet hatte, nicht einfach sagen konnte: »Ist die Julia da?«, um sich dann vorbeizudrücken und in ihr Zimmer zu gehen, sondern wo die Eltern sich bemühten, mit der jungen Generation in Kontakt zu bleiben, weshalb man völlig unvermittelt etwas über Atomkraftwerke sagen musste oder die geplante Umgehungsstraße.

Ich war ziemlich aufgeregt, weil ich eine Verabredung mit Julia ausgehandelt hatte. Wir hatten ein paarmal auf Feten geknutscht, nun hatte sie mich eingeladen. Wir saßen mit ihren Eltern am Abendbrottisch und ich musste erörtern, ob die Rede von Bundestagspräsident Philipp Jenninger antisemitisch gewesen sei oder nicht. Als wir zum Nachtisch den Fruchtjoghurt endlich aufgegessen hatten, sagte Julias Mutter plötzlich: »Du bleibst doch sicher hier über Nacht, oder?« Mich traf es wie ein Schlag. Was zum Teufel sollte ich darauf antworten? »Lass mal, Mama, das sehen wir dann schon«, schaltete sich nun Julia ein, und dann mir zugewandt: »Komm, wir gehen zu mir nach oben.« Julias Mutter nickte, und während wir über die Wendeltreppe ins Obergeschoss gingen, rief sie uns noch freundlich nach: »Aber denkt dran, Kondome zu nehmen, wenn ihr zusammen schlaft!« Also, liberale Eltern, die sich für ihre Kinder interessieren – schön und gut. Aber das hier war mir eindeutig – zu wenig intim. Zu wenig verrucht. Zu selbstverständlich. »Ja, Mama«, rief Julia zurück, und es klang nicht mal genervt.

Julias Familie wohnte in einem dieser typischen Neubaugebietshäuser: unten ein großzügiges kombiniertes Wohn- und Esszimmer sowie die Küche und ein Besucher-WC, oben das Bad, das Elternschlafzimmer und die beiden Zimmer für die Kinder. Die Zweikindfamilie war bauliche Grundvoraussetzung im Emmerbachtal. Und Julias Zimmer lag genau neben dem Schlafzimmer der Eltern. Wenn diese nachts ins Bett gingen, konnten wir hören, wie sie sich vor dem Einschlafen noch eine Weile leise unterhielten. Vermutlich über die geplante Fußgängerzone in Hiltrup-Ost.

Zwar verliefen die weiteren Geschehnisse zunächst durchaus in meinem Sinne, aber dann machte ich eine furchtbare Entdeckung. Julia machte Geräusche. Schon bei einfachem Gestreichel. Sie machte Geräusche, während ihre Eltern nebenan lagen und sozusagen die Erregungskurve ihrer reifenden Tochter akustisch live in ihr Ehebett übertragen bekamen. Ich versuchte, ihr durch leidenschaftliche Küsse den Mund zu stopfen, war aber letztlich nur bedingt erfolgreich.

Und dann der nächste Morgen. Die Eltern hatten den Frühstückstisch schon gedeckt. Dieses wissende, milde Lächeln. Diese dezenten Zweideutigkeiten: »Na, habt ihr gut geschlafen?« oder »Ihr wollt doch sicherlich noch duschen, Papa ist gleich fertig im Bad.« Nach der verwirrenden ersten Nacht mit Julia setzte ihre Mutter uns morgens Frühstücksflocken vor, während der Vater die *Münstersche Zeitung* las. Ich rührte ratlos in den Cornflakes herum, als sähe ich so etwas zum ersten Mal. Offenbar spürte die Mutter doch etwas vom Beklemmenden dieser Situation und fragte zur Auflockerung sehr interessiert: »Na, was habt ihr denn gerade in Erdkunde?« »Weimarer Republik?«, erwiderte ich müde, und der Vater sagte mit sanfter Stimme: »Ach, lass mal, Charlotte, die beiden haben gerade was ganz anderes im Kopf.« Ich im nächsten Moment vor allem viel Blut. Alles verfügbare Blut, wie mir schien. »Du brauchst dich doch nicht zu schämen«, sagte die Mutter verständnisvoll, und ich schämte mich noch mehr. Ich hielt das keinen Monat aus und machte Schluss mit Julia. Ich war sehr erleichtert, als das nächste Date im Auto endete.

Hilferufe von drüben

DIE DDR WAR FÜR MICH, der ich in Münster nahe der holländischen Grenze aufwuchs, ein fernes, exotisches Land. Keiner von uns war je dort gewesen, wir kannten niemanden da, und hinfahren wollte erst recht keiner.

Dementsprechend befremdlich wirkte auf mich die Aufregung, die um diesen Langweilerstaat permanent veranstaltet wurde. In der Schule durften wir ihn nicht einmal so nennen, wie er zu Hause selbstverständlich hieß, geschweige denn so aufschreiben. Hätte man ihn einfach ignorieren können, wäre das ja gar kein Problem gewesen, aber mit derselben Unbarmherzigkeit, mit der wir spätestens alle zwei Jahre in Biologie den Aufbau des Pantoffeltierchens erneut auswendig lernen mussten, hatten wir uns permanent in Geschichte, Politik und Erdkunde mit der DDR auseinanderzusetzen, ohne dass man sie so hätte benennen dürfen.

»Das heißt *so genannte!*«, fuhr einem der Politiklehrer über den Mund, wenn man die bösen drei Buchstaben arglos aufgezählt hatte, und in der Klassenarbeit Deutsch wurde es angestrichen, wenn man die Gänsefüßchen vergaß. Ebenso tabu war auf der anderen Seite die Benennung der staatlichen Konstruktion, in der unsere Stadt lag, als BRD. Denn dies, so wurde man nicht müde, uns zu erläutern, dies sei eine böse Falle der Kommunisten, die nur dazu diene, den Blick davon abzulenken, dass das ja schließlich alles Deutschland sei, *ein* Deutschland eben, das sei doch das Ziel der Russen und Honeckers, dass man nur noch von DDR und BRD spreche und

Deutschland schließlich untergehe. »Deutschland« wurde merkwürdigerweise dennoch als Synonym für BRD allgemein akzeptiert.

Diese etwas eigenwillige Nomenklatur stieß zumindest in Geschichte und Erdkunde aber an die nicht anerkannten Grenzen, denn dort kam man ja nicht umhin, bei den ständigen Thematisierungen die beiden Gebilde auch unterschiedlich zu benennen, sodass dort die Schreibweise BR Deutschland vorgeschrieben war, bei einigen Lehrern war sogar das »BR« verpönt und musste ausgeschrieben werden. Einzig Herrn Humbert war das zu doof, und er kürzte an der Tafel gnadenlos in BuRepDeu, was einen empörten Vater unserer Jahrgangsstufe zur Intervention veranlasste, weil er die vermuteten subversiven, verfassungsfeindlichen Einflüsse auf uns Schüler unverantwortbar fand. Da aber niemand eine Verwendung von BuRepDeu in einem realsozialistischen Zusammenhang nachweisen konnte, durfte Herr Humbert weiter nach seiner Art abkürzen und galt fortan als fünfte Kolonne Moskaus in unserem bischöflichen Gymnasium.

Mit derselben Strenge aber, mit der wir den östlichen deutschen Staat negieren mussten, mussten wir ihn gleichzeitig füttern. »Hilferufe von drüben«, hieß die Aktion, und einer unserer Lehrer war einer ihrer großen Aktivisten. Sein liebstes Geschenk an uns Schüler war ein DDR-Länderkennzeichen-Autoaufkleber, nur dass das Oval bei Herrn Hohenborks Aufklebern von einem Stacheldraht eingegrenzt war. Was »Hilferufe von drüben« sonst so gemacht hat, weiß ich nicht mehr. Für uns jedenfalls bedeutete es vor allem eines: Wir mussten Kaffee ranschaffen. Kaffee, gebrauchte Kleidung und Damen-Strumpfhosen. Denn die so genannte DDR war ein Unrechtsstaat, in dem die Menschen mit Stacheldraht eingesperrt waren, damit sie sich keinen Kaffee, keine Jeans und keine Damenstrumpfhosen kaufen konnten. Diese menschenrechtsverachtende Praxis wurde aber von Herrn Hohenbork unterminiert, indem er Tausende von

Paketen gen Osten entsandte, vollgestopft mit *Tchibo, Wrangler's* und Nylon. Das ganze Zeug musste aber irgendwoher kommen. Die Kleidung war kein Problem, meine Mutter war eher ganz froh, weil der Altkleidercontainer der Diakonie in Wolbeck stand, und jetzt konnte sie den ganzen Ramsch einfach mir mit zur Schule geben. »Das kannst du doch nicht mehr tragen, Junge, nimm das mal mit zur Schule für die da drüben«, wurde ein häufig gesprochener Satz in Münster-Hiltrup.

Der Rest musste aber gekauft werden, und so mussten wir zur Geldbeschaffung ununterbrochen irgendwelche Aktionen durchführen, um den Kaffee-Nachschub für den Osten zu organisieren. Ich habe im Lauf meiner acht Gymnasialjahre zwischen 1981 und 1989 auf Schulfesten für Kaffee gesungen, für Kaffee Theaterstücke in der Aula aufgeführt, wir gingen in der Projektwoche durch Hiltrup sammeln für Kaffee, wir bastelten, tanzten, malten und spielten Volleyball für Kaffee – ja, ich habe Volleyball für Kaffee gespielt! Mit den Einnahmen aus diesen zahllosen Schulveranstaltungen ging Herr Hohenbork dann immer in den *Ratio*-Großmarkt und kam mit ganzen VW-Bus-Ladungen *Meisterröstung* wieder zur Schule zurück. Jede Klasse bekam dann einen großen Stapel ins Klassenzimmer gestellt und musste die ganzen vakuumverschweißten Pfunde in Pakete packen. Ich würde vorsichtig schätzen, dass jeder Schüler meines Gymnasiums bis zu seinem Abitur eine halbe Tonne Kaffee in die so genannte DDR gepackt hatte. Wenigstens durfte man beim Adressieren der Päckchen dann endlich mal DDR ohne Anführungszeichen schreiben, denn mit wäre aus der Kaffeelieferung sozusagen eine politische Paketbombe geworden, die von den Grenzern direkt beim Übertritt entschärft worden wäre, wie Herr Hohenbork warnte, und dann hätten die DDR-Grenzsoldaten unseren mühsam zusammengesungenen Kaffee in einer Pause zwischen zwei Erschießungen einfach aufgetrunken, was wir natürlich auch nicht wollten.

Aber neben dem politischen Kampf um das Überleben von Deutschland in unseren Klassenarbeiten und der Beantwortung der Hilferufe von drüben mit koffeinhaltigen Sendungen sollte auch noch die gar nicht vorhandene menschliche Bindung zu den Brüdern und Schwestern auf der anderen Seite gefestigt werden. Und so startete unsere Schule eine große Brieffreundschaftsaktion. Natürlich völlig freiwillig, *wir* lebten ja schließlich nicht in einem Unrechtsregime. Wer keine Lust hatte, musste auch nicht mitmachen – sondern lediglich in Einzelgespräche mit Klassen- und Vertrauenslehrer, mit Herrn Hohenbork und dem Vize-Direktor. Anschließend erhielt er eine besondere Förderung im Politik- und Geschichtsunterricht, da hier ja einige Defizite ganz offensichtlich waren, aber sonst konnte man sich völlig frei entscheiden. Entsprechend begeistert bettelten wir Herrn Hohenbork um Ost-Adressen an. Das führte zu interessanten Briefwechseln:

»Lieber Mario, ich hoffe, es geht Dir und Deiner Familie gut, obwohl Ihr in Jena lebt. Hat Deine Mutter genug zum Anziehen? Viele Grüße, Dein Heiko.«

»Lieber Heiko, viele Grüße auch von meiner Mutter, sie braucht jetzt wirklich keine Strumpfhosen mehr, und der Kaffee reicht auch noch eine Weile, außerdem meint sie, wir trügen die Hosen lieber ohne abgewetzte Knie, Dein Mario.«

Aber Herr Hohenbork meinte, so seien sie eben da drüben im Osten, ganz bescheiden, die trauen sich das gar nicht zu sagen, wie schlecht es ihnen geht, ja, die dürften das überhaupt nicht sagen. Wenn sie schreiben würden, dass sie Kaffee bräuchten, dann würde die Stasi sie sofort ins Gefängnis sperren, die müssen das also so sagen, das seien im Grunde ganz typische Hilferufe von drüben, die in Wirklichkeit bedeuteten, dass sie dringend viel mehr Anziehsachen und Kaffee bräuchten, sonst würden die das doch gar nicht erwähnen. Also musste wieder ein neues Paket geschnürt werden.

Nur einmal haben meine Hilfslieferungen wirklich große Begeisterung ausgelöst. Mario erwähnte, dass er ein großer Udo-Lindenberg-Fan sei, aber leider bekäme man ja nichts von dem in der DDR. Nun war meine Musiklehrerin zufällig dessen Cousine, und ich erzählte ihr von der Notlage in Jena. Zwei Wochen später drückte sie mir ein paar Autogrammkarten in die Hand, signiert mit: »Für Mario, Dein Udo«. Die schickte ich los, und bald darauf erhielt ich dann erstmals Jubelschreie von drüben. Fünf Doppelzentner Meisterröstung ohne nennenswerte Reaktion, aber bei sechs unterschriebenen Postkarten überschwängliche Dankesorgien. Dann kam die Wende, und meinen letzten Brief an Mario erhielt ich zwei Wochen später zurück mit dem Stempel: »Unbekannt verzogen«. Es war vorbei. Endlich.

Ich und das große Glück

MACHT LIEBE BLIND? ZUMINDEST wagemutig. Ich war schon lange an Sabrina interessiert, ich hatte ein paar Kurse mit ihr gemeinsam belegt, aber ich kam mit meinen Annäherungsbemühungen so recht nicht weiter. Als Sylvester nahte, sah ich meine große Chance kommen, zumal sie gerade zuvor endlich mit ihrem Freund Schluss gemacht hatte. Ich wollte mit ein paar Kumpels nach Berlin fahren; es war das Sylvester nach dem Mauerfall, wir wollten zum Brandenburger Tor, ein bisschen historischen Wind schnuppern, es versprach, interessant zu werden. Ich nahm allen Mut zusammen und fragte, ob sie nicht mitkommen wolle. »Leider nein«, antwortete sie, »ich fahre schon mit Taizé nach Breslau, zum Europäischen Jugendtreffen der jungen Christen. Wenn du willst, könntest du da aber auch einfach mitkommen!«

Ich zögerte keine Sekunde und sagte zu. Die Gelegenheit war einfach zu perfekt: Mehrere Tage mit ihr zusammen – wenn's da nicht klappte, würde das nie was. Dafür konnte man auch diesen ganzen Christen- und Jugendfreizeitkrimskrams hinnehmen; als Schüler eines bischöflichen Gymnasiums war ich in diesen Dingen ohnehin gestählt.

Bald darauf ging es also los, unsere Gruppe traf sich am Bahnhof von Münster-Hiltrup. Ich landete im Zugabteil neben ihr. Alles lief nach Plan. Abgesehen vielleicht von dem infernalischen Gesinge, das Jörg aus dem Emmerbachtal gleich nach der Ausfahrt aus dem Bahnhof Hiltrup anstimmte. Ich tröstete mich damit, dass er das kaum bis Polen durchhalten würde. Ich sollte mich irren. Erleichtert atmete ich auf, als wir endlich in Helmstedt ankamen und die Grenzer in den Zug stiegen. Leider zeigte die DDR zum Jahreswechsel 1989/1990 schon erhebliche Zerfallserscheinungen, sodass ihre Repräsentanten nur gut gelaunt unsere Papiere flüchtig durchsahen und darauf verzichteten, Jörg wegen republikschädigenden Gesinges einfach mitzunehmen. Die polnischen Kollegen später waren noch etwas gewissenhafter, sodass zumindest für die halbe Stunde an der Grenze Ruhe herrschte. Danach schlief ich erschöpft ein. Und obwohl es mir gelang, meinen Kopf auf Sabrinas Schulter zu betten, hatte mein eigentlicher Plan noch keine Fortschritte gemacht – sie schlief trotz der höllischen Himmelsgesänge bereits seit Hannover. Aber ich konnte warten.

Als wir im Bahnhof Breslau ankamen, dachte ich zunächst, ich hätte den Akustikterror endlich überstanden. Aber schon in der Bahnhofshalle wurde klar, dass dies ein böser Irrtum war. Alles war voll mit gitarrenbewehrten Jungchristen. Mindestens vier verschiedene Gruppen sangen aus voller Kraft in unterschiedlichen Ecken, es war ein unfassbares Gewusel. »Sag mal, wieviele Leute kommen eigentlich zu diesem Treffen?«, fragte ich Sabrina entgeistert. »Och, so um die 50.000, glaube ich.« Vielleicht hätte ich mich doch vorher informieren sollen. Auf einem großen Pappschild erspähten wir den Namen unserer Gemeinde, und schon wurden wir abgeholt und zu der Zeltstadt gebracht, in der wir untergebracht werden sollten. Jetzt galt es, eine Schlafgelegenheit zu ergattern, die trotz Geschlechtertrennung wenigstens strategisch möglichst günstig zu meinem Ziel lag: Sabrina. Also wartete ich erst einmal ab, wo sie hinkam, während die anderen sich alle schon an verschiedene Schlangen anstellten. Sabrina erhielt einen Platz in einem etwas abseits gelegenen Zelt, ich versuchte es direkt daneben. Leider voll. Im Zelt daneben auch. Eine junge Polin eröffnete mir, dass es in der Nähe leider gar keinen Platz mehr gebe, genau genommen jetzt wohl auch in der ganzen Zeltstadt nicht mehr. Ich hätte aber großes Glück, denn somit würde ich privat in einer Gastfamilie untergebracht.

Mein großes Glück hieß Slowinski und hatte drei Zimmer, eine Frau, vier Kinder, einen Großvater sowie ein Badezimmer mit einer großen Zinkwanne, aber ohne warmes Wasser. Mein großes Glück wohnte lediglich etwa vierzig Minuten von der Zeltstadt entfernt. Und mein großes Glück begrüßte mich herzlich, indem es mir ein riesiges Stück einer fleischähnlichen Masse auf den Teller knallte, das die siebenköpfige Familie sich vermutlich vom Munde abgespart hatte. Dann saß das große Glück erwartungsvoll um den Tisch herum und beobachtete mich, wie ich das Zeug herunterwürgte und dabei versuchte, so zu tun, als sei ich ganz begeistert. Als Westfale ist man ja allerlei gewohnt, aber die etwa faustgroßen Speckklumpen, die mühsam unter dem grob zermahlenen Innereienmehl verdeckt waren, stellten doch eine ganz neue Herausforderung dar. Und schließlich offenbarte mir mein großes Glück, dass ich nun noch mit in die Spätmesse in die Kathedrale dürfe. Ich konnte mein Glück gar nicht fassen.

Es war etwa -20 °C, und obschon das Gotteshaus restlos von eingemummelten Gestalten überfüllt war, lagen die Temperaturen im Inneren nicht höher. Vermutlich waren die Polen, die diese Tundrabedingungen gut kannten, so perfekt isoliert wie die optimale Thermoskanne aus dem Physikunterricht. Ich hatte nicht mal lange Unterhosen. Einen Platz gab es nicht mehr für uns, was aber auch egal war, weil alle ohnehin nur auf dem eiskalten Steinfußboden knieten.

Nach anderthalb Stunden Hochamt fühlte ich mich dem Himmel so nah wie nie zuvor. Meine Kniescheiben hatten den Weg ins Paradies längst schon angetreten, waren aber im Fegefeuer hängen geblieben. Da war es mir auch schon egal, als mir zurück in der Wohnung als Gute-

Nacht-Mahl noch ein weiterer Fleischklumpen vorgesetzt wurde. Ich versuchte meine Gastfamilie zu überzeugen, dass wir doch wenigstens ganz christlich teilen könnten, aber das ließ ihr Ehrgefühl offenbar nicht zu. Sie aßen stattdessen Brot mit Butter, worum ich sie sehr beneidete. Der Gedanke, dass das alles sehr gut gemeint war, wärmte mich aber ein wenig, als ich nachts den Festschmaus im Bad, dessen Klima einem Tierkühlschrank ähnelte, wieder erbrach.

Am nächsten Tag kam ich nach der Frühmesse verspätet zum Zeltlager. Meine Gruppe war schon weg, Sabrina hatte nicht auf mich gewartet. Stattdessen geriet ich in ein Besinnungsseminar, in dem über den aktuellen Hirtenbrief des Taizé-Sektenführers Frere Roger Schutz meditiert wurde. »Quellen des Vertrauens« hieß das Epos, und ich spürte, wie die meinigen allmählich versiegten. »Beim Aufschlagen des Evangeliums kann einem der Gedanke kommen: Die Worte Jesu gleichen einem uralten Brief, der mir in einer unbekannten Sprache geschrieben wurde«, rhabarberte es vom Vortexter. Während der folgenden Diskussionen kam mir ein ähnlicher Gedanke in der Tat mehrere Dutzendmal.

Erst kurz nach der Nachmittagsandacht sah ich Sabrina für einige Sekunden wieder, zumindest vermutete ich das, denn unter den Kleidungsschichten waren genaue Konturen längst nicht mehr auszumachen, außerdem waren meine Wimpern aneinander gefroren, was die Sicht zusätzlich beeinträchtigte. Ehe ich sie ansprechen konnte, hatte mein großes Glück mir aufgelauert und mich wieder direkt in die Kathedrale verfrachtet.

Meine letzten Hoffnungen ruhten auf Sylvester. Meine Gruppe war zum Feiern in einer Sporthalle am Stadtrand eingeteilt. Als ich dort ankam, stieß ich auf Jörg, der sich mit einer irischen Combo zusammengefunden hatte und gerade versuchte, »Unser Leben sei ein Fest« auf Gälisch mit vier Gitarren und einer Schalmei zu intonieren.

»Wo ist denn Sabrina?«, brüllte ich ihm zu.

»Ach, die ist heute morgen zurückgefahren. Hat die ganze Nacht geheult, ist jetzt zu Sylvester wohl doch sentimental geworden wegen ihrem Ex. Da hat Pater Norbert ihr irgendwie eine Rückfahrt organisiert.«

»Was?!«, brüllte ich ihn an, aber er hörte schon gar nicht mehr zu, sondern schmetterte bereits wieder im Chor der etwa zwanzig gälischen Christenkehlen mit.

Unnötig zu erwähnen, dass es als Partygetränk lediglich Kräutertee und Apfelsaft gab. In einer Ecke stand ein kleiner Fernseher, auf dem ohne Ton die Szenen aus Berlin vom Brandenburger Tor zu sehen waren – es sah nach einer ausgelassenen Feier aus. Und ich saß hier, 500 km weiter östlich, in Breslau, unter 50.000 Jungchristen, wegen einer Frau, mit der ich kein Wort geredet hatte und die längst gar nicht mehr da war. Zu Mitternacht bildeten alle einen großen Kreis, fassten sich an den Händen und sangen gemeinsam, mit wachsender Begeisterung, immer wieder dieselben fünf Takte, aber in wechselnden Sprachen: »Alleluja! Glory be to you, O Lord. Alleluja, Gloria a te Signore. Alleluja, Ehre dir, oh Herr, mein Gott.« usw. usf.

Ob Liebe blind macht, weiß ich immer noch nicht. Auf jeden Fall aber taub. Das habe ich zu Sylvester 89/90 bewiesen.

Friseurstation 4B

WER IN EINEM ANFLUG VON Sozialromantik glauben möchte, es gebe im deutschen Gesundheitswesen keine wesentlichen Unterschiede zwischen Privat- und Kassenpatienten, der irrt. Immer, wenn ein Privatpatient auf unsere chirurgische Station kam, gab es ein großes Hallo. »Der ist privat«, tuschelten die Schwestern aufgeregt, und jedem, auch uns Zivildienstleistenden, wurde die Information mit höchster Priorität übermittelt. Unmittelbare Direktiven folgten nicht daraus, aber es wurde schon vorausgesetzt, dass wir die Privaten nicht wie jeden x-beliebigen Schnösel zu behandeln hatten. Sie kamen nach Möglichkeit in Zimmer 405 oder 406, die zwei luxuriösen Einbett-Suites, die unsere Station nach der Sanierung neu zu bieten hatte, selbst wenn sie nur »zweite Klasse« waren, also eigentlich nur ein verbrieftes Recht auf eine Zweibett-Unterbringung besaßen.

Und – unsere Privaten genossen außerdem eine Spezialbehandlung durch die Stationsleiterin, Schwester Eugenia, die die Titulierung »Schwester« in jedem Fall völlig zu Recht trug, denn sie war eine solche vom Heiligsten Herzen Jesu, eine Nonne also, etwas profaner gesprochen, oder wie mein Vater sagte: ein Pinguin, denn unser Krankenhaus war an ein Kloster angeschlossen und wurde vom Bischof unterhalten. Schwester Eugenia sah es als ihre oberste und heilige Pflicht an, die präoperative Versorgung unserer Patienten selbst vorzunehmen. Wohlgemerkt, bei den Patienten; die Patientinnen überließ sie wie üblich den weltlichen Schwestern. Zur Vorbereitung gehörte, sofern es sich nicht mal wieder um eine Struma handelte, oft eine gewissenhaft durchzuführende Schamhaarrasur. Als einzigem männlichen Bediensteten der Station 4B fiel diese Aufgabe normalerweise mir zu, denn die normalen Schwestern hassten den Job. Fast immer mussten sie unerträgliche Anzüglichkeiten über sich ergehen lassen, und nicht selten, so berichteten sie genervt, umfassten die Vitalfunktionen des Blinddarms, des Leistenbruchs oder der Varizen noch eine ansehliche Erektion. Eine 17-jährige Schwesternschülerin erzählte gar schockiert, bei der ersten Rasur, die sie bei einem Mann allein vornehmen musste, habe sie sich etwas ungeschickt angestellt und ziemlich lange herumgehampelt, und der Typ hatte nicht nur eine Erektion, sondern gleich anschließend noch eine Ejakulation präsentiert und sich danach nicht etwa peinlich berührt entschuldigt, sondern allen Ernstes bedankt und ihr Trinkgeld angeboten.

Kurzum: wann immer möglich, fiel der Job mir zu. Ich war ein großer Schamhaarfriseur, der unangefochtene Coiffeur des männlichen Genitalbereichs, der Udo Waltz von Station 4B. Ein paar Latexhandschuhe, zwei bis drei Einmalrasierer, eine Nierenschale für die Beute und ein Schwung Zellstofftücher zum Auffangen irrlaufender Krüsselhärchen, mehr brauchte ich nicht. Die Rasur erfolgte stets trocken und ohne vorbereitende Maßnahme. Ritsch, ritsch, ritsch, schon tobten die Schammäuse ausgelassen umher und landeten in der Nierenschale. Oft wurde ich von sehr leidend dreinschauenden OP-Opfern gefragt, warum es keine Nassrasur gebe, das sei doch viel sanfter. Ich wusste es auch nicht, es war eben so. Ich schob medizinische Gründe vor. Ritsch! Ich rechtfertigte mein Tun vor mir selbst, in dem ich mir sagte, auf diese Weise nahm ich den Patienten die Angst vor der Narkose. Ritsch! Ich war mir sicher, die meisten sehnten sich geradezu nach der Narkose! Ritsch! Ritsch!

So ging das also normalerweise. Aber nicht bei Privaten. Da durfte nur Schwester Eugenia persönlich ran. Und ich musste assistieren, hielt also das Besteck und stand daneben. Vorher hatte ich bereits die Thrombose-Strümpfe ausgeteilt, weiße, stramme Synthetiktextilien, die bis fast in den Schritt reichten. Ich verteilte die Dinger und wies die Patienten an, sie umgehend anzuziehen. So lagen sie dann in ihren Betten, als ich schließlich mit Schwester Eugenia in ihre Suite einfiel. Wie gesagt – in der Regel ein Einzelzimmer. Keine Zeugen. Dann mussten sie sich aufdecken und die Unterhose auf Befehl der Nonne ausziehen. Nur sehr zögerlich leisteten sie Folge und lagen anschließend untenrum nackt da, nur mit den halb durchscheinenden, weißlichen Strümpfen gekleidet, die lustige blaue oder gelbe Ringel in Schritthöhe aufwiesen. Eugenia und ich zogen uns dann synchron die Handschuhe an. Eugenia war die Einzige, die ein richtiges Rasiermesser benutzte, nicht die Einmaldinger. Ich schob die blitzende Klinge ein und reichte es der frommen Frau. Der Patient, entblößt und thrombosebestrumpft, blickte uns mit weit aufgerissenen Augen an. »Und was kommt jetzt ...?«, fragte er meist noch mit panikerfüllter Stimme. »Jetzt bereiten wir uns mal schön auf die Operation vor«, sagte Eugenia in einem Tonfall, der keinen Widerspruch duldete. Dann hielt sie das Rasiermesser hoch wie eine Armbrust, die gespannt werden musste, und jetzt begann sie, die blitzschnelle Attacke der Dame vom Heiligsten Herzen Jesu auf das Allerheiligste des Privatpatienten. Ehe der wusste, wie ihm geschah, hatte ich schon die ersten Löckchen aufgefangen und in die Nierenschale gewischt. Der Hauptteil ging zügig vonstatten. Schwester Eugenia kappte das Haar mit wenigen, jahrzehntelang eintrainierten Handgriffen in Nullkommanix. Dann setzte sie erneut an, um auch die kleinen Stoppeln und Stummeln rückstandslos zu entfernen, kräftig ließ sie das Gerät eine Handbreit unter dem Bauchnabel auf das entblößte Fleisch schlagen, drückte es tief ein und zog es mit derselben Professionialität, mit der eine Scheibenputzkolonne die Gummiabzieher über die Glasfronten tanzen lässt, über den Unterbauch bis zum Anschlag an die Peniswurzel. Exakt elf dieser tief furchenden Züge, die erst Millimeter vor dem Schwellkörper von Maximalgeschwindigkeit auf null abgremst wurden, waren erforderlich, dann war im oberen Bereich alles clean.

Ich habe in meinen anderthalb Jahren Zivildienst bei Dutzenden dieser Einsätze assistiert, und in der ganzen Zeit war das garantiert Einzige, was dabei steif wurde, der Patient selbst, der starr vor Entsetzen auf seinem Bett lag und sich im Angesicht der blitzenden Klinge, die um seine empfindlichsten Stellen wirbelte, nicht die kleinste Bewegung traute. Dann begann die Detailarbeit: »Stellen Sie mal ein Bein auf«, befahl die Nonne. Mit spitzen Fingern ergriff sie das kaum noch auszumachende, zusammengeschrumpelte Gemächt und zog es sehr stramm nach oben, ein bisschen, wie ein Huhn, das einen Wurm aus dem Boden zieht, der sich verzweifelt zu verankern sucht und vom kräftigen Schnabel länger und länger gedehnt wird, schnabelgleich waren auch Eugenias Finger, sie zog bis kurz vor den Moment, in dem der Wurm zerreißen würde, sie zog und zog, bis das Würmchen maximal gestreckt war und somit die ehemals schlaffe und faltige Skrotum-Haut nun eine straffe, faltenfreie Fläche bot, über die Eugenia gründlich und ausgiebig schaben konnte. Das war der Moment, wo meiner Beobachtung nach mindestens 80 % der Männer die Augen schlossen und schwer schluckten, wohl in der Hoffnung, so den schlimmsten Moment der Prozedur zu überstehen. Doch sie täuschten sich. Dies war nur das Präludium für das große Finale. Denn jetzt ließ Eugenia das Stümmelchen mit demselben kindlichen Vergnügen, mit dem man früher Weckgummis hat fliegen lassen, zurückschnappen, nur um in der nächsten Sekunde mit der ganzen Hand voll darauf zu langen, herzhaft den gesamten Geschlechtsapparat zu ergreifen und ihn kräftig so weit wie möglich zur Seite zu drücken, während sie an der dadurch freigelegten Leiste fröhlich weiterschabte. »So«, verkündete sie schießlich, »geschafft«, der Patient öffnete zaghaft die Augen, nur um zu sehen, wie der beschleierte Pinguinkopf sich nun tief über seinen Schoß beugte, sich die Lippen in wenigen Zentimetern Abstand zum Operationsgebiet schürzten, um dann... – ja, ich muss es hier einfach so formulieren –, um dann kräftig zu blasen, zu blasen und nochmals zu blasen, Eugenia blies, wie wenn man bei einem Geburtstagskuchen die Kerzen auspustet, sie entfesselte einen Sturm der Leidenschaft zur Sterilität, zur größtmöglichen Reinheit im Dienst am Nächsten, am Allernächsten, sie blies und blies, bis das allerletzte Härchen davon gestoben war, und hier wurde wirklich ein Licht ausgeblasen, denn egal ob Manager oder Studienrat, ob Banker oder Amtsleiter, all die wichtigen, privat versicherten Männer der katholischen Stadt Münster wurden von Schwester Eugenia zu kleinen, jämmerlichen Häufchen Elend zurecht geblasen, die den göttlichen Beistand niemals intensiver ersehnten als in diesem Moment, und erst recht im nächsten, denn kaum war das Auge des Hurrikans vorbeigezogen, spielte ein diabolisches Lächeln um die Mundwinkel der Dienerin des Herrn, dann zauberte sie mit einer lässigen Bewegung ein kleines Plastikfläschchen aus den Tiefen ihres Kittels, und ohne Vorwarnung zerstäubte sie eine klare Flüssigkeit auf die freigelegte Genitalregion, zischte ein kurzes: »Noch ein bisschen Klostergeist, damit sich nichts entzündet«, während der Patient nun hemmungslos aufjaulte wie ein kleiner Junge, sich zusammenkrümmte und sich mit den Händen hilflos den teuflisch brennenden Schambereich, diesen Eingang zur Hölle hielt. Schwester Eugenia lächelte, verabschiedete sich, und versprach: »Der Anästhesist kommt dann gleich.« Und wieder hatte sie einem Privatpatienten in diesen gottesfürchtigen Hallen Ehrfurcht gelehrt. Zufrieden folgte sie mir nach draußen.

II.

Der Kofi Annan der Seestraße

Einzug

1991 BESCHLOSS ICH, VON MÜNSTER nach Berlin zu ziehen. Den Jüngeren sei an dieser Stelle versichert, dass das damals noch nicht ganz so unkompliziert war wie heute, wo man ja praktisch nur durch die Stadt gehen muss, irgendwo, wo es einem gefällt, anklopft und fragt, in welche Wohnung man denn einziehen kann. Damals gab es eine so genannte Wohnungsnot. Das bedeutete, dass nicht in jedem Haus Wohnungen frei waren. Um die Wahrheit zu sagen: Das bedeutete sogar, dass nicht einmal in jedem Bezirk Wohnungen frei waren. Ein Kommilitone von mir zog, ohne mit der Wimper zu zucken, in einen ausgebauten Partykeller ohne eigenen Eingang in einem Einfamilienhaus in Spandau, für 700 DM Miete, nur gut 10 Gehminuten von der Bushaltestelle des Busses entfernt, der alle 20 Minuten vom U-Bahnhof Spandau losfuhr, und das nur, damit er nicht in den Osten musste, wo es in den Wohnungen kein Telefon und keine Dusche gab, dafür aber Kachelofen und Außentoilette. Meine Güte, ich komme mir sehr alt vor, wenn ich das so berichte, allein die Aussage »kein Telefon« würde bei heutigen Studienanfängern vermutlich nur fassungsloses Staunen auslösen, aber lasst es euch gesagt sein: Damals gab es noch keine Handys. Nicht mal Festnetz, im Osten jedenfalls nicht bzw. nicht ohne weiteres. Und wenn doch, dann nur von der Telekom. Und wenn man von denen einen Telefonanschluss wollte, brauchte man vor allem eines: Zeit. Verdammt viel Zeit. Im Prinzip konnte man dann auch gleich warten, bis das Handy erfunden war. Und noch mehr furchtbare Enthüllungen muss ich der nachwachsenden Generation offenbaren: Meine Kommilitonen, die da wohnten, im Osten, die fanden das nicht mal schlimm. »Na und?«, sagten sie, »wozu brauche ich ein Telefon? Man kann doch einfach bei mir vorbei kommen.« Das allerdings sagten nur die, die in Wohnungen mit Außenklingel wohnten. Eine Gunst, die längst nicht alle teilten, denn viele Häuser verfügten über keine Klingelanlage, und in der hochgradig neurotischen Ex-Zone wurde ab 19 Uhr oder so, im Winter vermutlich auch schon ab 16 Uhr, wenn es dämmerte, die Haustür zugeschlossen, verbarrikadiert und mit über dem Hauseingang angebrachten Teerfässern gesichert. Rein kam man also nicht. »Na und?«, sagten meine Bekannten, die in solchen Hochsicherheitstrakten lebten, »wozu brauchen wir eine Türklingel? Man kann sich doch auch verabreden, dann komme ich zum vereinbarten Zeitpunkt hinunter und öffne die Tür. Das ist doch ganz einfach.« Wenn ich das jetzt so erzähle, kommt es mir selbst fast wie erflunkert vor, aber genau so war es.

Gut, also, es gab damals eine Wohnungsnot. Und da mein zukünftiger Mitbewohner und ich uns kein Leben ohne Telefon und Klingel vorstellen konnten, wollten wir also unbedingt in West-Berlin wohnen, und das war nicht einfach. Viel Bargeld ist unter der Hand geflossen, Makler nahmen bedenkenlos Abstandssummen von 5000 DM und mehr, wenn in der Abstellkammer noch drei Schuhkartons standen, die man ja noch nutzen konnte, und man war ihnen sogar dankbar dafür. Noch so bizarre Meldungen aus der Vergangenheit: Wer nach Berlin ziehen wollte, ist einige Monate vorher dorthin gefahren und hat sich freitagnachts an der Kreuzung Mehringdamm/Ecke Yorckstraße postiert, wo nämlich der allererste *Morgenpost*-Verkäufer mit der Samstagsausgabe auftauchte. Man musste aber mindestens zu zweit sein: Einer blockierte schon mal einen Warteplatz in der Schlange vor einer der Telefonzellen in der näheren Umgebung, der andere versuchte, aus dem tobenden Mob, der sich um den Verkäufer versammelte, eine Zeitung zu erbeuten. Dann stürzte man zu der Telefonzelle und hoffte, dass – wenn man endlich rein konnte – noch nicht alle freien Wohnungen schon vergeben waren.

Und wir, wir hatten es schon an unserem zweiten Berlin-Wochenende geschafft. Wir hatten eine Wohnung ergattert!

So ging es dann also im September 1991 von Münster Richtung Berlin. Wir brachen um 3 Uhr nachts auf, um die unwegsame Strecke noch vor Sonnenuntergang bewältigen zu können, denn wir fürchteten uns davor, im Dunkeln durch den Osten fahren zu müssen. »Aber was ist denn so schwierig daran?«, höre ich junge Menschen fragen, »man muss doch nur die A2 bis Berlin fahren!« Die A2. 1991 war diese Autobahn noch ... na ja, lassen wir das. Sagen wir einfach so: Für meine Generation war die A2 ungefähr das, was für viele unserer Großväter Stalingrad war. Ein steter Quell von Mythen, düsteren Erinnerungen, ein Trauma fürs Leben.

Wir waren also um 3 Uhr morgens gestartet, sodass wir gegen Mittag in Berlin ankamen. Als wir über die Seestraße rollten und in den Wedding einfuhren, war ich ganz ergriffen. *Ich* würde in Berlin wohnen! Ich, der kleine Junge vom Land, in der großen Metropole Berlin, und zwar mittendrin, im Brennpunkt des Geschehens, im Wedding, das ist ganz zentral, hatte der Makler gesagt, im Wedding also, wo das Leben tobt, wo die Szene ist, wo ...

»Das sieht ja furchtbar aus hier«, bemerkte Umzugshelfer Marco und unterbrach meine euphorischen Gedankenflüge unsanft, »um Gottes Willen, was habt ihr euch denn da für eine Gegend ausgesucht?« Ich war kurz irritiert und blickte nach draußen. »Es gab hier halt freie Wohnungen«, verteidigte ich mich. »Das wundert mich nicht«, stellte Marco nüchtern fest.

Für mich war es trotzdem das aufregende, flirrende, urbane Leben. Ich machte mich daran, meine neue Umgebung zu erkunden, und kam aus dem Staunen gar nicht heraus. Die *Aral*-Tankstelle! In Münster hatten wir auch in der Nähe einer Tankstelle gewohnt, der *Westfalen*-Tankstelle, und damit war ich immer der König gewesen. »Da kann man bis 23 Uhr noch Bier holen!«, begeisterten sich damals die Freunde. Und jetzt also Aral. 24 Stunden geöffnet. Mehr Metropole war für mich gar nicht denkbar. In den ersten Wochen stellte ich mir manchmal extra den Wecker auf drei Uhr nachts oder fünf Uhr morgens, nur um dann zu Aral runterzugehen und eine Dose Bier zu kaufen. Ich wollte wissen, wie sich das anfühlt. Und es fühlte sich gut an, verdammt gut. Ich stand mit meiner 0,5-Liter-Dose *Schultheiss* an der Seestraße, nahm einen tiefen Schluck und freute mich. Ja, ich hatte es geschafft! Ich war ein freier Mann! Ich konnte einfach so, mitten in der Nacht, nur weil es mir gerade in den Sinn kam, eine Dose *Schultheiss* kaufen. Und danach zu »Maximilian's Spezialitäten« gehen. Das war die nächste Sensation. Eine Pommesbude, die an Wochenenden bis morgens um sechs Uhr geöffnet hatte. Und so stand ich manches Mal zwischen schwankenden Männern, die ihre Plastiktüten auf dem Boden abgestellt hatten, und laut lallenden Mittvierziger-Frauen, deren überreichlich aufgetragene Schminke im Lauf einer langen, letztlich aber erfolglosen Nacht verlaufen war und deren auftoupierte Haare sehr nach Endzeitstimmung aussahen, neben den Stehtischchen, angestrahlt vom leuchtenden Gelb der Imbissbude auf der einen und vom rötlichen Glimmer der aufgehenden Sonne, irgendwo dahinten jenseits von Schering, auf der anderen Seite. Noch nicht alle hatten ihre nächtliche Mission aufgegeben, manche Frau quakte noch ungerichtet in die ansonsten schweigsam vor sich hinmümmelnde Menge: »Na, meen Kleener, wo willste denn noch hin heut abend, wolln wa nich noch ‘n bisschen was erleben, wir zwee?« Ich war zu schüchtern, um darauf zu reagieren, aber ich war dabei und genoss, ja: Hier standen wir, morgens um fünf, zwischen den Tagen, echte Weltbürger in einer Stadt, die niemals schläft, das mondäne, vibrierende, erotische, pulsierende Berlin, und ich war ein Teil davon. Ein Rülpser am Stehtisch nebenan drang durch die feierliche Stille.

Tagsüber streifte ich durch die Straßen und konnte mich nicht satt sehen. Da! Ein Ausländer! Nicht so langweilige Engländer, wie man sie in Münster manchmal zu Gesicht bekam, wenn man früh aufstand und wusste, wo sie zum Äsen auf ihre Lichtungen traten, nein, hier liefen sie einfach so offen durch die Straßen, Ausländer, richtige Ausländer, also solche, die man auch auf den ersten Blick als Ausländer erkannte, man konnte sie einfach so betrachten, sie liefen nicht weg. Ich kam mir vor wie ein Zoologe auf den Galápagos-Inseln. Und nicht nur das, man konnte auch ausländische Dinge von ihnen kaufen. Ich aß den ersten Döner meines Lebens und war restlos fasziniert, ich war so fasziniert, dass ich monatelang überhaupt nur noch Döner aß, nur gelegentlich unterbrochen von einem Besuch bei Maximilian’s, wenn ich mir den Wecker gestellt hatte, um mal wieder etwas Berliner Nachtleben zu genießen.

»Das ist schon toll hier«, fabulierte ich an einem meiner ersten Abende im Döner-Imbiss in der Lütticher Straße zum dortigen Wirt, »ich meine, ich finde das toll, wie Sie hier als Ausländer einfach so ... na ja ... einfach so ...« – er hob die Brauen und sah mich zweifelnd an – »na ja, wie Sie hier hier halt ... leben und ihre Spezialitäten machen, also Döner und so« – er sah mich noch zweifelnder an – »also, ganz wie bei Ihnen zu Hause, für uns ist das ja so exotisch« – sein Blick verfinsterte sich, dann merkte er an: »Ich Deutscher. Guter Deutscher. Ausländer nix richtig arbeiten. Ich schon zehn Jahre Deutscher. Ich richtig arbeiten.« Und ich dachte, na ja, ist vielleicht doch komplexer, als man so denkt, das Großstadtleben, bestellte noch einen Börek zum Mitnehmen und ging nachdenklich nach Hause.

Ich beschloss, meine Mitmenschen besser kennen zu lernen. Und das Folgerichtigste erschien mir, mit meinen direkten Nachbarn anzufangen. Also begann ich einfach in meinem Haus, der Ordnung halber im Erdgeschoss. Ich klingelte. Jemand öffnete die Tür. Misstrauisch blickte er mich durch den Türspalt an. Ich schluckte etwas, dann riss ich mich zusammen: »Guten Tag!«, sagte ich so freundlich und aufgeschlossen wie möglich, »ich bin Ihr neuer Nachbar, und ich dachte, ich stelle mich mal kurz vor!« Fassungslos blickte der Typ mich an. Offenbar brauchte er eine Weile, um sich von dem Schreck zu erholen. Sonst tat sich nichts. Also setzte ich nach: »Äh, ich bin der Heiko. Ich bin gerade aus Münster hierher gezogen, um hier zu studieren.« Der Typ schaute mich noch entgeisterter an, dann endlich rang er sich zu einer Antwort durch und hauchte durch den Türspalt: »Aha.« Das war's. Vielleicht hatte ich ihn irgendwie auf dem falschen Fuß erwischt. Ich beschloss, lieber weiter zu gehen. »Äh, ja«, sagte ich, »nun, ich muss weiter, ich wollte ja auch noch bei den anderen Nachbarn vorbei.« Jetzt guckte er fast ein bisschen besorgt. Als ich im Treppenhaus nach oben ging, hauchte er mir etwas hinterher: »Viel Glück!« Leicht beunruhigt versuchte ich es im nächsten Stockwerk. Ich klingelte. Ich hörte ein Rumpeln und ein Schlurfen, wieder ging die Tür einen Spalt weit auf, wieder versuchte ich es mit: »Guten Tag! Ich bin neu hier eingezogen, und ich dachte, ich stelle mich mal kurz...«, aber diesmal kam ich gar nicht erst weiter. Ein lautes »Hä?!« schlug mir entgegen, dann knallte die Tür vor meiner Nase zu. Ich war verwirrt. Beim nächsten Nachbarn ging erst gar keiner an die Tür. Zwar hörte ich deutliches Husten und Keuchen in der Wohnung, aber trotz mehrfachen Klingelns passierte nichts. Nun ja, dachte ich und beschloss, das Experiment erst einmal abzubrechen. Da werde ich wohl noch einiges lernen müssen, bis ich mich hier richtig eingelebt habe. Aber, da war ich mir sicher, so schnell würde ich nicht klein beigeben. Das würden wir ja schon noch sehen.

Lieber der Spatz in der Hand

SIE SAH GUT AUS. SIE SAH VERDAMMT gut aus. Ich konnte es nicht glauben, dass sie über mir einzog. Als sie mit einem Helfer einen Schrank hoch schleppte, traf ich sie zufällig im Treppenhaus und packte mit an. »Jasmin Langehagen« stand auf einem bereits angebrachten Namensschild. Wir schleppten den Schrank in ihr Schlafzimmer; ich sah mich ein wenig um. Am Abend, als ich allein in meinem Bett lag, war ich verwirrt. Der Gedanke, dass sie da jetzt über mir wohnte, lebte, dass ihr Bett direkt über meinem stand, dass sie sich über mir auszog, das Nachthemd anzog, vielleicht schlief sie auch nackt, in Griffweite, was machte sie da nachts so ganz allein? Sie war Anfang zwanzig und gerade nach Berlin gekommen.

Ein paar Wochen später, ich hatte sie fast vergessen, ging es plötzlich los. Ich lag da und horchte. Da war doch was? Tatsächlich! Nein, jetzt war es wirklich nicht mehr zu überhören, nein, das waren nicht die Pornos vom Typ nebenan, das kam eindeutig von oben. Ein leises Gurren. Hörte ich es giggeln? Quietschten Federn? War da ein Stöhnen? Es wurde lauter. Als ich das zweite Mal gekommen war, waren sie immer noch dabei. Ich schlief glücklich und erschöpft ein. Von oben drangen weiter eindeutige Geräusche zu mir, doch für die sozusagen erste gemeinsame Nacht war ich vollauf zufrieden.

So ging das eine ganze Weile lang. Manchmal konnte ich vor Enttäuschung kaum einschlafen, wenn nichts passierte. Meist wurden meine Hoffnungen aber erfüllt.

Ich lag quasi in der ersten Reihe. Und das alles, ich hatte nachgemessen, 248 cm von meinem Laken entfernt, dann noch die Wand, geschätzte 50 cm, da Altbau, das Bett samt Matratze noch mal so 50 cm, 348 cm von meinem Becken entfernt spielten sich die wildesten Szenen leibhaftig ab, und irgendwie war ich mit dabei.

Wir hatten eine gute Zeit. Sie waren ausdauernd und fast immer willig, sie genossen es in Sessions von einer Stunde und länger, sie schienen unersättlich.

Ich weiß nicht mehr, wie viele *Tempo*-Packungen ich in Jasmin Langehagen investiert hatte, in sie und ihr Gurren, und oft hatte ich gehofft, unsere stille Dreisamkeit möge niemals enden – bis eines Tages Frank zu Besuch war und, als es oben wieder zur Sache ging, beiläufig bemerkte: »Ach, sitzen bei euch auch ständig Tauben vor dem Fenster? Das kann ganz schön nerven!«

»Was?« Ungläubig sah ich ihn an, stakste zum Fenster und öffnete es. Vom Fensterbrett an der Wohnung über mir stoben fünf oder sechs offenbar durch mich aufgeschreckte Tauben verärgert gurrend davon. In der Wohnung darüber war kein Licht. Danach war nichts mehr zu hören.

Am nächsten Morgen schlich ich ein Stockwerk höher. Das Namensschild an ihrer Tür war weg. Wie besessen klingelte ich. Sekundenlang. Minutenlang. Vielleicht stundenlang. Die Tür zur Nachbarwohnung öffnete sich. Der alte Herr Schempowski raunzte mich an: »Nun hören Sie schon auf. Die Langehagen hat hier noch keine zwei Wochen gewohnt, da ist sie schon vor die U-Bahn gesprungen. Die Wohnung steht zur Vermietung. Haben Sie Interesse? Kennen Sie wen?« Ich kannte niemanden.

In Bed with Buddha

WARUM WAR ICH BLOSS MIT zu ihr gekommen? Na ja, eigentlich überflüssig, die Frage. Warum kommt man schon mit zu einer sympathischen Frau, die einem kurz zuvor berichtet hat, dass sie gerade keinen Freund hat, das Single-Leben aber sehr genießen würde, obwohl sie deswegen keineswegs enthaltsam lebe, im Gegenteil, das sei ja gerade das Schöne daran, ob ich nicht mitkommen wolle. Man hätte schon einige Fantasie aufbringen müssen, um andere Intentionen zu vermuten als ich in diesem Moment.

Ich kam also mit zu ihr. Vielleicht sollte ich doch mal stärker auf Äußerlichkeiten achten, überlegte ich hinterher. Diese Brosche mit dem großen Kristall war ja schon ein bisschen merkwürdig. Und diese Ringe mit den seltsamen Symbolen an ihren Fingern. Und die Sandalen, mit denen sie barfüßig durch den Berliner Winter stapfte. Aber vor allem: diese wallenden, leuchtend orangen Tücher, in die sie gewickelt war. Okay, vielleicht hätte mir wirklich etwas auffallen können vorher. Aber ich Idiot habe ja wieder nur in ihre Augen geschaut, und die waren ganz normal grün. Nun stand ich also hinter ihr im Flur, während sie die Tür zu ihrer Wohnung aufschloss und mich hinein bat. Überall standen Keramik-Figuren herum, die Krokodile, Menschen mit Nilpferdköpfen oder irgendwelche finster aussehenden Typen mit sechs Armen darstellten. Auch ein ganzer Schwung Buddhas in allen Farben und Größen war auf diverse Konsolen verteilt. Oha. Buddhas. Mir kam ein böser Verdacht, weshalb sie sich für mich interessierte. Na, egal. Wenn ich schon so eine körperliche Ähnlichkeit zu einem großen Religionsstifter habe, warum sollte ich sie nicht auch mal nutzen? An den Wänden hingen Tücher mit werweißwas für Gestalten darauf, ein seltsam aromatischer Duft hing in der Luft – kurzum: Ich war in einer Art Schrein gelandet. In der Mitte des Raums lag ein großer Futon mit seidenen Tüchern. Immerhin, dachte ich. Zum Gehen war es ohnehin zu spät, und andererseits ist es auch gar nicht meine Art, mir beim Vögeln den Kopf über die Innenarchitektur des Zimmers zu zerbrechen, was soll's also. Sehen wir mal lieber zu, dass wir möglichst bald zu Potte kommen. Da allerdings hatte sie ganz andere Vorstellungen. Zunächst einmal brauchte sie eine Ewigkeit, um sämtliche Kerzen, Duft- und Räucherstäbchen anzuzünden. Dann legte sie Musik auf, die für mich verdächtig nach Indischem Restaurant klang. Und schließlich verkündete sie, erst einmal einen schönen Nelkentee zu machen. Na toll.

Dann baute sie ein kleines Arsenal an Fläschchen vor der Liegefläche auf. Sie kam mit der Teekanne und tönernen Schälchen wieder, goss ein, stand vor mir, machte eine seltsame Bewegung – und plötzlich schwebten ihre Tücher von ihr ab, und sie stand mit so einem seltsamen Lächeln nackt vor mir. Jetzt war ich doch etwas irritiert. Andererseits kam es mir sehr entgegen, dass sich die Dinge offenbar beschleunigten, und so zog ich mich gleichfalls hastig aus. Ich zerrte sie zu mir herunter und dachte, dass es nun endlich losgehen könne, aber sie entwand sich meinen Händen, setzte sich mir direkt gegenüber und sagte: »Langsam! Wir müssen erst zu einer spirituellen Einheit finden!«

»Was?«

»Als ich dich gesehen habe, ist mir sofort deine Aura aufgefallen«, führte sie aus.

»Meine was?« Die Sache begann, mir unheimlich zu werden.

»Deine Aura hat was Besonderes. Das war mir sofort klar.«

Sie war vollkommen ernst dabei. Kein blöder Witz, kein bizarrer Fetisch, sie meinte das so, wie sie es sagte, und mir war schon ziemlich klar, dass sie unter der Vokabel Aura etwas anderes verstand als die umgangssprachliche Bedeutung. Trotzdem wollte ich die Hoffnung noch nicht ganz aufgeben: »Äh, ja, ich fand auch, dass du eine sympathische Ausstrahlung hast ...«

»Nein, ich kann richtig die Aura eines Menschen sehen. Es ist wie ein Strahlenkranz, den du um dich trägst, es ist etwas sehr Metaphysisches. Wir machen mal eine Kirlian-Fotografie von dir, dann wirst du schon sehen.«

Ach du Scheiße. Ich saß einer Irren gegenüber, nackt und in ihrer Wohnung. Mich durchzuckte ein Fluchtimpuls. Andererseits war nicht zu leugnen: Irgendwie saß ich auch einer Frau gegenüber, nackt und in ihrer Wohnung. Ein kurzes Abwägen der beiden Umstände, dann war die Sache klar, zumal ihre Absichten immer noch eindeutig schienen. Jetzt fischte sie sich eines der Fläschchen, goss seinen Inhalt, ein intensiv duftendes Öl, über mich aus und verteilte es sehr sorgsam auf mir, und ich glaube, es gleitet nicht zu sehr in Vulgär-Prosa ab, wenn ich versichere, dass sie sehr gründlich vorging und keinen Körperbereich ausließ, ja, sie schien sogar eine Lieblingsstelle zu finden, und die war zufällig gerade auch mein Favorit. Sie lächelte und sagte: »Ich habe eine Veränderung deines elektrischen Feldes gespürt.« Na super, das ist ja ein Kunststück, dachte ich, sie knetet mir ausführlich zwischen den Beinen herum und stellt dann eine Änderung meines elektrischen Feldes fest. Meisterleistung!

»Sag nichts«, sagte sie, »wir müssen erst unsere Felder einander angleichen.« Was sollte das jetzt wieder? War das ihre Art zu sagen, dass sie nun dran war mit Ein-und-Abgerieben zu werden? – Nein, war es nicht.

Stattdessen sagte sie in diesem unangenehmen Fahrlehrertonfall: »Wir begeben uns jetzt in den Bhadrasana!« Ich verstand überhaupt nichts. Sie setzte sich in den Schneidersitz und sagte: »Na los, ist doch ganz einfach.«

»Ach so.«

Nun saßen wir also voreinander im Schneidersitz, wir mussten unsere Arme waagrecht vor unserer Brust halten und dann einfach still voreinander sitzen. »Bis sich unsere Felder einander angeglichen haben.« Das war offenbar eine längere Kalibrierungsarbeit, denn jetzt passierte lange Zeit nichts mehr. Außer dem indischen Geheule aus den Lautsprechern. Sie saß nur entrückt vor mir und wirkte wie in Trance. Ich dagegen versuchte zwanghaft, mir erstens nicht vorzustellen, wie diese Situation von außen betrachtet aussähe, und zweitens, nicht permanent zwischen ihre in dieser Sitzposition maximal gespreizten Beine zu starren, eine Herausforderung, der ich letztlich nicht gewachsen war. Sie bemerkte meine Blicke und meinte: »So geht das nicht! Du musst dich ganz frei machen!«

Mich überfiel eine große Ratlosigkeit. Aber nur ein bisschen noch, dachte ich, dann würden schon sämtliche Felder oder was auch immer in Ordnung sein und wir könnten endlich loslegen. Also saßen wir weiter da. Und weiter. Und starrten in die Ferne. Und hörten den indischen Heulsusenchor. Und saßen. Und jetzt schlief mein linkes Bein ein. Verdammt. Ich versuchte das Kribbeln erst zu ignorieren, dann durch ganz vorsichtige Gewichtsverlagerung eine Entlastung zu bewirken, ich saß weiter mit waagerecht vor mir gehaltenen Armen und ruckelte hilflos auf meinem Hintern herum. Sie seufzte auf: »Ich glaube, das wird heute nichts. Du findest einfach nicht zu deiner inneren Ruhe.«

»Was?«

»Schade, ich hätte große Lust gehabt.«

»Mein Bein ist eingeschlafen!«

»Eben, das ist eine der Konsequenzen, wenn man seinem Körper nicht Folge leistet.«

»Hör mal, wenn wir einfach unseren Körpern Folge geleistet hätten ...«

Es hatte keinen Sinn. Sie meinte, es wäre jetzt wohl am besten, schlafen zu gehen, sie bot mir einen Platz auf dem Futon an, aber ich lehnte dankend ab, sagte, dass ich noch nach Hause müsse, und versuchte, mich um den Abschiedskuss zu drücken.

Es hat nach diesem Zwischenfall ziemlich lange gedauert, bis ich wieder vorbehaltlos Indisch essen gehen konnte.

Gladys

ALS ICH IN DEN INNENHOF TRETE, wundere ich mich über die Versammlung von fünf superlässig aussehenden Gestalten, die dort gestikulierend im Kreis stehen. Woran erinnern die mich bloß? Natürlich – der Berliner »Tatort«. Ich bin ja ein großer Fan, aber die Berliner! Jedesmal schämt man sich in Grund und Boden, hier gestrandet zu sein, und die ganze Republik guckt zu. Diese bescheuerten Kommissare! Diese albernen Lederjacken! Diese Pseudo-Übernächtigungs-Drei-Tage-Bärte! Und jetzt stehen fünf von der Sorte in meinem Innenhof und stapfen hinter mir die Treppe hoch. Als ich in meine Wohnung gehe, warten sie, bis ich die Tür zugemacht habe, dann bollern sie vehement und lautstark gegen die Wohnungstür meiner Nachbarin, der drogensüchtigen Prostiutierten Gladys.

»Hey, mach uff, Polizei!« Polter, polter. »Los, mach uff, oder wir brechen die Tür auf«. Kaum 30 Sekunden sind vergangen, da hört man die erste Lederjacke gegen die Tür krachen. Mein Gott! Glauben die echten Polizisten, sie müssten so sein, weil das schließlich im Fernsehen so läuft? Um glaubwürdig zu bleiben? Angewidert gehe ich zum Telefon und wähle erstmals im Leben die 110. Freizeichen. Verdammt viele Freizeichen. Und wenn es wirklich mal einen Notfall gäbe? Freizeichen. In der Zwischenzeit hat Gladys wohl die Tür geöffnet, denn das Wummern hat jäh ein Ende.

»Ja, hier der Notruf. Was gibt's denn?« Ich zögere kurz, doch dann will es raus: »Kommen Sie schnell! Da versuchen gerade Leute, in die Wohnung meiner Nachbarin einzudringen.«

»Wollen die einbrechen?«

»Na ja, immerhin scheinen sie die Tür aufzubrechen.«

»Na dann, okay. Wo isses denn?«

»Seestraße 22, Hinterhaus, 3. Stock.«

»Gut, ich gebe mal Revier 15 Bescheid, gehn Sie ja nicht aus der Wohnung.«

Ich lege auf, denke, schön, das war die gute Tat für heute, dann kann ich ja beruhigt Fernsehn anmachen, da klingelt es. Eine der Lederjacken steht vor der Tür: »Tag, wir machen ‘ne Durchsuchung bei ihrer Nachbarin und brauchen einen unabhängigen Zeugen. Kommen Sie mit!«

Ich sehe ihn irritiert an, beschließe aber, mich einfach zu fügen: »Gut, ich muss mir nur kurz die Schuhe anziehen.« Während ich mich umdrehe, spüre ich plötzlich eine Hand in meinem Nacken, und schon werde ich kräftig gegen die Wand gedrückt: »Was hast du da gerade gesagt? Arschloch?« Ich ahne schon, die Jungs hatten einen schweren Tag, vielleicht haben sie aber auch wirklich nur zuviele Krimis geguckt. Wissen die Schöpfer von Schimanski eigentlich, was sie da angerichtet haben? Ich sage, dass ich nur die Schuhe anziehen wollte, der Superbulle läßt mich widerwillig los, und anschließend folge ich ihm in die Nachbarwohnung.

Gladys sitzt apathisch am Tisch und nickt mir müde zu. Sie zittert leicht, vor ihr eine halbvolle Flasche Schnaps. Durch die Tür sehe ich, dass die Badewanne voll ist. Bisher hatten Gladys’ Selbstmordvorversuche noch nie ernsthafte Folgen. »Ich habe den Fön nicht gefunden«, sagt sie entschuldigend. Ich nicke.

Das weitere Prozedere ist mir bekannt, ich bin schließlich nicht zum ersten Mal Wohnungsdurchsuchungszeuge. Es ist immer dasselbe: Eine Horde Polizisten zerpflückt die gesamte Bude; Kissen werden abgezogen, Bücher aus dem Schrank werden mehr oder weniger sanft zu kleinen Bergen auf dem Boden gestapelt, Schubladeninhalte auf dem Tisch verteilt, sämtliche Nuttenkostüme landen nach eingehendem Abtasten und ein bis zwei anzüglichen Witzchen auf einem großen Haufen.

Gladys ist etwa 1,80 m groß und wiegt vielleicht noch 60 kg. Man muß wirklich nicht die Broschüren des Bundesgesundheitsministeriums gelesen haben, um zu sehen, dass sie sämtliche Symptome des letzten AIDS-Stadiums spazieren trägt, Flecken inklusive. Ihre Arme sind derart demonstrativ zerstochen, dass selbst Grundschüler sie als Drogensüchtige identifizieren könnten – aber eben auch Berliner Polizisten, die daher quasi zu den Stammbesuchern der Seestraße 22 zählen. Saubere Ermittlungsleistung. Dabei ist Gladys so pleite, dass sie niemals Stoff auf Vorrat hat. Und selbst wenn sie mal was fänden – so wie ich die Dinge einschätze, würde Gladys die Hauptverhandlung kaum mehr erleben. Oder gibt es Schnelljustiz für solche Fälle?

»Ich hab' die Fische noch nicht gefüttert«, flüstert Gladys mir mit zitternder Stimme zu. Ich werfe einen Blick in das Aquarium. Ich bin da kein Fachmann, aber die meisten der Tiere sehen nicht viel besser aus als ihre Besitzerin. Ich nicke, hole die Futterdose aus dem Schrank – und habe plötzlich eine Pistole vor der Nase. Der Typ, der mich aus meiner Wohnung geholt hat, grunzt: »Hey, hey, junger Mann, Sie werden ja wohl keine Beweismittel vernichten wollen?« Ich gebe ihm das *Tetra-Min*. Das Futter wird in eine Plastiktüte überführt, fein säuberlich beschriftet, und er raunzt mich an: »Wenn wir da auch nur die Spur von irgendwas drin finden, haben wir dich am Arsch, du Klugscheißer.« Dabei habe ich doch noch gar nichts gesagt.

Es klingelt. Einer der Kripo-Helden geht zur Gegensprechanlage. »Ja?« Knisternd und knatternd hört man es von der Seestraße: »Guten Tag, bei Ihnen wurde ein Einbruch gemeldet.« Die Fahnder sehen sich ratlos an: »Ja???«

»Ja, das müssen wir überprüfen«, rauscht es aus dem Lautsprecher, »wenn Sie uns dann bitte mal reinlassen würden?«

Die Kripo-Beamten sind offenbar ähnlich fassungslos wie ich, der erste sympathische Zug. Gladys sitzt weiter abwesend da. Der Typ an der Tür drückt den Öffner. Die anderen ziehen ihre Pistolen unter dem Ledermantel hervor. Ich beschließe, einen flammenden Beschwerdebrief an die ARD zu schicken. Die Jungs warten. Ich rücke mit meinem Stuhl hinter den Türrahmen, um nicht von einem Querschläger erwischt zu werden. Draußen im Flur geht das Licht an. Schritte stapfen die Treppe herauf. Jetzt klingelt es.

Alles Weitere geht ziemlich schnell. Der Typ an der Sprechanlage reißt die Tür auf, gleichzeitig hüpfen seine drei Kollegen in strategisch wichtige Positionen, einer wirft sich sofort zu Boden. Alle halten ihre Knarren mit zwei Händen und ausgestreckten Armen. Vor der Tür stehen zwei Streifenpolizisten in grüner Uniform mit weißer Mütze. Sie werden sehr schnell sehr bleich. »Äh, guten Tag, uns wurde hier ein Einbruch gemeldet...«, bringt der eine hervor. »Wir sind von Revier 15, Wedding, und uns wurde ein Einbruch gemeldet. Ist alles in Ordnung?«

Ist alles in Ordnung? Ich lasse den Blick über die Szenerie schweifen. Gladys sieht teilnahmslos auf das Geschehen und wippt dabei leicht mit dem ganzen Oberkörper. Ein Neonfisch taumelt in verdächtiger Querlage durch das Becken, ein anderer treibt kieloben. Der zweite Streifenpolizist nimmt ganz langsam die Hände hoch. Mein Wohnungsabholer reißt seine Waffe theatralisch noch ein wenig weiter nach vorne. Ich rücke noch ein bißchen weiter hinter den Türrahmen. »Ist hier alles in Ordnung?«, fragt Streife 1 noch einmal. Meinem Fischfutterbeschlagnahmer zucken die Hände. Wahrscheinlich überlegt er, ob er die beiden jetzt einfach umnieten soll. Es fällt ihm offensichtlich schwer, diesem Impuls nicht nachzugeben. Der mutmaßliche Boss der Eingreiftruppe kramt aus seiner Lederjacke einen Ausweis, murmelt: »Kripo, wir hatten den Einsatz hier gemeldet, was macht ihr denn hier!«

»Uns wurde ein Einbruch gemeldet ...«

Mein persönlicher Leibbulle raunt: »Das haben wir schon gehört. Wir machen hier unsere Arbeit, also haltet uns nicht weiter auf!« Er schlägt die Tür zu. »Revier 15!«, raunt er.

Dann wühlen sie wortlos weiter in Gladys' Schränken, aber so recht scheint es ihnen jetzt keinen Spaß mehr zu machen. Eine Viertelstunde später geben sie auf und wollen, dass ich unterschreibe, dass sie nichts kaputt gemacht haben. Ich protestierte zaghaft und wende ein, dass sie immerhin die Wohnung komplett verwüstet hätten, mein Leibbulle packt mich schon wieder am Kragen und brüllt mich an: »Darum geht es nicht! Wir haben nichts beschädigt! Unterschreib hier!« Und er ergänzt drohend: »Und wehe, wir finden irgendwas in dieser Dose!« Gladys fragt, ob da noch mehr kommen würden, nur für den Fall, dass es gleich wieder klingelt, ob sie dann aufmachen solle. Die Beamten murmeln Unfreundliches vor sich hin und ziehen davon. Ich hole aus meiner Wohnung ein paar Hundeflocken, die ich noch von der letzten Urlaubsvertretung beim Nachbarn unter mir habe, und biete sie den Fischen an. Ein Neon schafft es noch, einen Krümel zu verspeisen. Ich lasse das Wasser aus Gladys' Wanne und nehme den Fön aus ihrem Schrank. Den stecke ich sicherheitshalber ein und leihe ihr noch fünfzig Mark, damit sie zum Bahnhof Zoo kann. Für heute würde wohl Ruhe sein.

Madenautomat

MIT BERLINBESUCHERN IST DAS JA so eine Sache. Was soll man denen nur immer zeigen? Reichstag und Kuppel und so, alles schön und gut. Aber letztlich wollen sie dann ja doch immer »mal was Besonderes« erleben. Zum Glück wohne ich im Wedding. Da ist das ganz einfach. Meine Besucher jedenfalls wollen alle immer nur das Eine sehen: den Madenautomaten in der Tegeler Straße.

An einer Hauswand hängt er dort, ein altes Gerät in leicht angegammeltem weißen Farbton, in der Bauweise alter Getränkedosenautomaten. In sechs Reihen sind kleine Fächer darin angeordnet, die von außen durch eine Glasscheibe eingesehen werden können. In diesen Fächern stehen Plastikdosen. Darüber prangt in großen schlichten Buchstaben lediglich ein Wort: »Maden«. Was gäbe es dazu auch sonst groß zu sagen? Es sind Maden drin, und wenn man ein Geldstück reinwirft, sind die Maden draußen. Dann hat man eine Schachtel Maden in der Hand. Das ist wahnsinnig praktisch, wenn man gerade mal welche braucht.

»Was ist das denn?«, fragen die Gäste fassungslos, dabei steht es da doch unüberlesbar dran. Aber Touristen wollen ja immer alles ganz genau erklärt haben. Deshalb erläutere ich in ruhigem Tonfall: »Maden. Da drin sind Maden.«

»Das glaube ich nicht«, sagen sie und werfen eine Münze ein. Sie nehmen die Dose in die Hand, machen den Deckel auf und schauen ungläubig und entsetzt hinein: Im leicht klebrig feuchten Sägemehl tummeln sich gut hundert Maden, die munter herumkriechen, dabei gelegentlich ihr Köpfchen heben, oder wie immer die Seite mit den beiden schwarzen Punkten bei diesen Viechern heißen mag, vielleicht ist es auch der Schwanz, was weiß ich, jedenfalls heben sie lustig ihr eines Ende nach oben, lassen es ein wenig kreisen, vielleicht gucken sie sich um, und dann nehmen sie mit Schwung Anlauf und tauchen mit diesen seltsamen fortlaufenden Kontraktionswellen ihrer straff gespannten, ledernen Haut über dem prallen Körper wieder in ihr Sägemehl ein, wo sie so herumwühlen, dass drei Artgenossen an die Oberfläche gedrückt werden, die nun ebenfalls ihre Vorderhälfte nach oben recken, und das passiert überall in der Dose gleichzeitig – ein Bild, wie wenn Dutzende Maden den Betrachter frohgemut grüßen, bevor sie sich wieder in ihr Element vergraben. Der Besuch starrt immer noch entsetzt auf die Dose: »Das ist ja widerlich!«, hört man ihn sagen, und ich frage dann stets: »Aber warum hast du sie dir dann gekauft?«

»Na hör mal, wer konnte denn ahnen, dass da Maden drin sind?« Geduldig weise ich darauf hin, dass ich von einem Madenautomaten berichtet habe, den er dann unbedingt sehen wollte, und auf dem in zehn Zentimeter hohen, gut lesbaren Buchstaben das Wort »Maden« steht. Was er denn erwartet habe?

Der Besuch will es einfach nicht wahrhaben: »Aber aber wer tut denn sowas?«

»Was?«

»Na ja, *wer* zieht Maden aus einem Automaten?«

Langsam zweifle ich an seinem Verstand. Ich schaue ihn sehr ernst an: »Tja... *du* zum Beispiel. *Du* hast eben Maden aus einem Automaten gezogen.«

»Ja, aber ich wollte doch gar keine!« Er guckt mich dabei leicht gequält an. Ihm ist schon aufgefallen, dass er sich mit der Argumentation auf dünnem Eis bewegt. Ich schlage versöhnlichere Töne an: »Mein Gott, das ist doch wirklich nichts Besonderes! Das ist wie im Supermarkt mit den Regalen an der Kasse. Da sind auch nur so Sachen drin, die keiner wirklich haben will, und die Leute greifen dann einfach zu und schmeißen sie in ihren Einkaufswagen.«

»Ja, aber das sind ja auch keine Maden!«

»Nein.«

»Nein. Das sind Schokoriegel oder so.«

»Hättest du hier einen Euro reingeworfen, wenn dies ein Schokoriegelautomat gewesen wäre?«

»Äh... nein. Wahrscheinlich nicht. Aber ich wollte ja auch keinen Schokoriegel.«

»Nein. Du wolltest Maden.«

»Ich wollte keine ...!« Er brüllt fast.

»Aber du hast Maden gekauft. Immerhin gut hundert Stück, würde ich schätzen.«

In den Augen des Besuchs steht ein großes Fragezeichen: »Warum?«

»Na ja, ich nehme an, weil die Leute hier nunmal Maden kaufen. Schokoriegel lohnen sich wahrscheinlich nicht. Vielleicht war das ja mal ein Schokoriegelautomat, aber alle werden ja immer gesundheitsbewusster und sparsamer, da kaufen sie keine Schokoriegel mehr oder nur noch bei *Lidl*, und der Besitzer hat sich nachts im Bett gewälzt und gefragt, was er bloß mit seinem Automaten anfangen soll, jetzt wo niemand mehr Schokoriegel kauft, er hatte doch schließlich die Investitionskosten und es war eine stete Einnahmequelle, irgendwas muss er schließlich verkaufen mit diesem Automaten, und dann hat er sich gesagt: Gut, dann nehme ich halt Maden. So was mögen die Leute hier sicher. Und siehe da, er hat Recht gehabt. So ist das, man muss mit dem Markt gehen. Die Nachfrage bestimmt das Angebot. Jeder, der hier zu Besuch ist, kauft eine Dose Maden, das ist doch eine super Geschäftsidee. Vielleicht ist das auch so eine Ich-AG, vielleicht ist da jemand zu seinem Fallmanager gegangen und hat gesagt: ›Schluss, ich will nicht mehr auf eine Jobvermittlung warten, ich mach mich jetzt selbstständig.‹ ›Tja, was können Sie denn?‹, hat der Arbeitsvermittler dann nachdenklich gefragt, und derjenige hat stolz geantwortet: ›Ich kann Maden. Bin ich groß drin. Und die Leute werden sie mir aus den Händen reißen!‹ Dann hat er eine Förderung bekommen, um sich einen alten Automaten kaufen zu können. Wahrscheinlich ist er neulich mit seinem goldenen Mercedes, den er sich von all den Maden hat zusammenschweißen lassen, beim Arbeitsamt vorgefahren und hat sich sehr bedankt.«

Mein Besuch zweifelt. Aber er mag jetzt auch nicht mehr darüber diskutieren. Er will in die Kneipe. Unterwegs will er die Plastikdose in eine Mülltonne werfen. Ich bin erschüttert. »Hey, das kannst du doch nicht machen! Du kannst doch nicht einfach die Maden wegschmeißen.«

»Na ja, aber ich wollte sie doch gar nicht. Das war doch nur so ‘ne Idee, die zu ziehen.«

»Aha, nur so ‘ne Idee. Wie zu Weihnachten, da kaufen die Leute auch immer irgendwelche Tiere, Hunde oder Katzen, und dann binden sie die im Sommer, wenn sie in Urlaub fahren, an der nächstbesten Autobahnraststätte fest.«

»Ach komm, das ist doch was ganz anderes.«

»Ja, bei Hunden ist es nur einer.«

»Das sind doch nur Maden!«

»Ja, Maden. Fliegenwelpen sozusagen. Die haben ihr Leben noch vor sich. Du willst hundert kleine Kinderleben einfach auslöschen!«

Er sieht mich ratlos an.

Ich gebe ihm einen Tipp: »Versuch halt, sie in der Kneipe an jemand anders zu verkaufen. Dann braucht der nachher in der Kälte nicht mehr bis zum Madenautomaten zu gehen.«

Er sieht mich noch ratloser an. Als wir die Torfstraße einbiegen, sehen wir eine tote Ratte auf dem Gehsteig. »Da! Das ist die Lösung!«, jubiliert mein Besuch, öffnet die Dose, und ganz vorsichtig lässt er die kleinen Maden hinauskrauchen. »Viel Glück!«, haucht er ihnen zu. Zufrieden gehen wir in die Kneipe.

Ich stelle mir vor, wie der Besitzer des Madenautomaten überall in den Straßen des Weddings tote Ratten ausgelegt hat. Die kann er dann morgens alle abgehen und die Maden wieder einsammeln. Eine wirklich große Geschäftsidee. Da sage noch einer, am Standort Deutschland gebe es keine Innovationen mehr. Wer das glaubt, der begleite mich in die Tegeler Straße. Zum Madenautomaten. Ich zeige ihn jedem gerne.

Ulrich

IN DER WOHNUNG NEBEN UNS war jemand neu eingezogen. Das war mir zunächst ziemlich gleichgültig – ich hatte schon seinen Vorgänger nicht kennen gelernt, und so wollte ich es auch mit dem aktuellen Nachbarn halten, wozu lebt man denn schließlich in einer Großstadt. Wie sich schnell zeigen sollte, war der Neuzugang aber deutlich kommunikativer.

Der Abend begann vielversprechend. Ich hatte sie vor ein paar Tagen zum ersten Mal gesehen, und schon hatten wir eine Verabredung. Sie kam zu mir, wir tranken Wein, unterhielten und verstanden uns. Nach einer Weile bekamen wir Hunger und beschlossen, eine Pizza essen zu gehen. Zufrieden registrierte ich, dass sie ihren Rucksack in meinem Zimmer stehen ließ. Damit dürfte der Abschluss des Abends ja wohl geklärt sein, dachte ich erfreut. Während ich noch meinen Schlüssel suchte, ging sie schon raus auf den Flur. Als ich kurz darauf hinzu trat, merkte ich gleich, dass etwas nicht stimmte. Sie wirkte wie versteinert und war ganz blass. Ich musterte sie, verblüfft ob dieses Stimmungswechsels, da erst bemerkte ich, dass die Tür zur Nachbarwohnung offen stand, darin ein kleiner, hagerer, verschwitzt aussehender Mittvierziger, offenbar ein Freund des Klischees, denn er war in Jogginghose und weißes Feinripp-Unterhemd gewandet, und stierte erst meine Verabredung, dann mich seltsam starr an. Ich blickte ihm in die glasigen Augen, aber da tat sich nichts. Au weia, dachte ich, der Typ sieht ziemlich irre aus. Na super, ich wohne neben einem Psychopathen. Während ich noch überlegte, was das hier sollte und wie ich am unverdächtigsten reagieren könnte, schnellte der Typ seinen Kopf nach vorne und blaffte mich an: »Was ist da los?« Ich schluckte. Ob ich ihn darauf hinweisen sollte, dass diese Frage nicht gerade sehr präzise formuliert war? Oder bekäme ich dann gleich was aufs Maul, wegen Klugscheißertum. Dass das in der Gegend hier nicht sehr beliebt ist, hatte ich ja schon herausgefunden. Er setzte aber schon von selbst nach: »Da oben! Was ist da los? Oder war das bei euch?« »Was denn?«, wurde ich allmählich ungeduldig, »ist doch alles ruhig hier!« »Alles ruhig?« »Also, ich hab nichts gehört. Was soll denn da sein?«

Er stierte mich prüfend an, den Kopf zweifelnd hin- und herwiegend, dann gab er sich einen Ruck. »Gut, dann ist da wohl nichts«, stellte er fest. Im selben Moment zog er hinter seinem Rücken eine Pistole hervor und ließ sie etwas ziellos in seiner Hand durch den Flur kreisen. Ein eisiger Schrecken durchzuckte mich. Deshalb also war meine Verabredung so bleich. Sie musste die schon die ganze Zeit gesehen haben. Er starrte mich noch einmal kurz abwägend an, dann entsicherte er die Knarre und steckte sie, tatsächlich und ungelogen, in einen Halfter, also die Dinger, die man als Kind immer zu Karneval umhatte, wenn man als Cowboy ging. Er lupfte das Gummi seiner Jogginghose, pulte darunter die Halterung für die Waffe hervor, ließ sie sanft hineingleiten und legte einen kleinen Lederriemen darüber, den er mit einem Druckknopf fixierte. Ich muss derart erstaunt auf den Vorgang geguckt haben, dass er das als Bewunderung interpretierte, denn jetzt lächelte er mich stolz an: »Gut, ne? Ist 'ne Spezialanfertigung. Gibt's drüben, bei *Leder-Hobby*, auf der anderen Seite der Seestraße. Hab ich mir extra machen lassen. Bisschen was mit Stil!« Ich war beeindruckt: »Äh, ja, sehr schön.« Oh, oh, hoffentlich klang das nicht irgendwie ironisch, er guckte schon wieder ganz seltsam, da lächelte er mich plötzlich wieder an: »Ich habe mich ja noch gar nicht vorgestellt: Ich bin Ulrich, dein neuer Nachbar.« »Äh, hallo, sehr, äh, angenehm ...«, stotterte ich. Na super, ich wohne neben einem bewaffneten Psychopathen. Er klopfte noch einmal auf den Halfter, der inzwischen wieder von der Jogginghose verdeckt wurde, murmelte: »Man kann nie vorsichtig genug sein. Gerade in dieser Gegend! Man muss wachsam sein!«, dann drehte er sich noch einmal zu uns um, »Schönen Abend noch!«, und schloss die Tür hinter sich. Hastig stürzten wir die Treppe runter und sahen zu, dass wir raus kamen. Erst als wir in der Pizzeria saßen, merkte ich, wie mir ganz flau wurde und die Beine zitterten. Wir brauchten eine ganze Weile, bis wir uns von dem Schock einigermaßen erholt hatten. Sie sagte dann schließlich, dass sie müde sei und nach Hause wollte; den Rucksack könnte ich ihr ja nächste Woche zur Uni mitbringen. Das, beschloss ich, würde ich Ulrich persönlich nehmen.

Seit dieser Episode schaute ich immer durch den Türspion, ehe ich die Wohnung verließ. Mit einem Mal war die Stadt zu einem bedrohlichen, gefährlichen Moloch geworden, und ich lebte mitten in seinem bösen Zentrum.

Einige Wochen später stand ich in der Küche, als ich im Hausflur einen beachtlichen Radau bemerkte. Der Hund von unten kläffte wie wild, und irgendjemand brüllte wüst vor sich hin. Nichts allzu Ungewöhnliches also. Außer vielleicht, dass das Gebrüll nicht aufhörte, sondern immer näher kam und sich schließlich vor meiner Tür befand. Ich schlich mich vorsichtig hin und schaute durch den Spion. Ulrich stand vor seiner Tür, nur mühsam die Haltung wahrend, und versuchte, seinen Schlüssel ins Loch zu drapieren. Dabei schrie er durchs ganze Treppenhaus: »Was ist das für 'ne beschissene Gegend hier! Alles voll mit Ausländern. Ausländer und Juden! Überall! Die wollen uns doch alle ausnehmen! Aber nicht mit mir, das sag ich euch!« Ich schluckte. Endlich rutschte der Schlüssel rein, Ulrich torkelte in seine Wohnung, schlug die Tür donnernd zu, der Hund kläffte lauter, die Tür öffnete sich wieder, und noch einmal brüllte er mit voller Kraft: »Und die Hunde von Juden hasse ich auch!« Türenknall, Ende der Szene. Na super, ich wohne neben einem bewaffneten psychopathischen Nazi.

Eines Tages klingelte es. Ich briet gerade Fischstäbchen. Keine Ahnung, warum ich das immer wieder anfing, ich bereute diesen Versuch der Selbstversorgung jedenfalls schon wieder bitterlich, als ich die beißenden Rauchschwaden aus der Pfanne aufsteigen sah. Fluchend eilte ich zur Tür. Vor mir stand Ulrich. Mein Nazi vor mir, meine brennenden Fischstäbchen hinter mir – das war irgendwie nicht mein Tag. »Ja?«, fragte ich erschöpft.

Seine Stirn war schweißverklebt, seine Gesichtshaut ungesund blass. Er stierte mich eine Weile an, dann brachte er hervor: »Es riecht hier so komisch ...«

»Äh, ich koche gerade ...«

Er beäugte mich misstrauisch, dann stieß er mich einfach zur Seite und ging in meine Wohnung. Ich überlegte, ob ich schnell wegrennen sollte, wer weiß, ob er wieder seine Knarre dabei hatte und wie er reagieren würde, wenn er sieht, was ich den Fischstäbchen angetan hatte. Er betrachtete sinnierend die Pfanne: »Du darfst sie nicht so heiß aufsetzen!« »Äh, ja. Danke.« Er stellte den Herd aus, wandte sich von der Pfanne ab und drehte sich zu mir: »Komm mal eben mit rüber zu mir.« Oh nein. Bitte nicht. »Äh, ich wollte eigentlich gerade essen ...« Er deutete auf die Pfanne: »Das da ja wohl nicht. Komm schon, ich brauche Hilfe.« Den Eindruck hatte ich zwar auch, sagte aber nichts und folgte zögerlich.

In seinem Wohnzimmer saß eine Asiatin. »Meine Frau. Ist aus Thailand.« Aha. Natürlich. Was für eine Farce, und ich stand mittendrin und fürchtete, jeden Moment abgeknallt werden zu können. In diesem Moment beschloss ich umzuziehen, sollte ich hier lebend wieder rauskommen. Er sprach mit seiner Frau, offenbar auf

Thai, sie ging weg. Dann zeigte er auf einige Kisten. »Die müssen in den Keller.« Ich packte mit an, sie waren wirklich verdammt schwer, und während wir das Zeug runterschleppten, erklärte er mir, dass er jetzt bald nach Thailand auswandern würde, ein Haus hätte er da schon, hier wäre ja alles voll mit Juden, Ausländern und Verrückten, er hielte das einfach nicht mehr aus. Ich schöpfte Hoffnung. Vielleicht würde sich das Problem ja von selbst lösen. Als wir wieder hochkamen, stand seine Frau in der Tür und reichte mir eine Plastikdose. »Ist gut!«, sagte Ulrich, »Südthailändisches Nationalgericht! Da kriegste mal was Vernünftiges. Und denk beim nächsten Mal dran: Fischstäbchen nur auf mittlere Hitze.« Ich bedankte mich artig, ging in meine Wohnung und schloss von innen ab. Hoffentlich würde dieser Spuk bald ein Ende haben.

Im Lauf der nächsten Wochen klingelte es öfter bei mir. Irgendwelche Boten von *Quelle, Otto* oder anderen standen vor der Tür und lieferten haufenweise Zeug für Ulrich ab, dass dieser sich dann abends bei mir abholte. Ob er einen Großhandel in Thailand eröffnen wollte? Offenbar ließ er sich seinen gesamten Hausstand anliefern.

Eines Tages kam ich nach Hause, und eine Menschentraube stand auf der Seestraße vor unserem Haus. Die Leute erzählten aufgeregt, ein Irrer stehe in einem Fenster im dritten Stock, fuchtele wüst mit einer Knarre herum und ziele auf jeden, der in den Innenhof träte. Dabei brülle er: »Ihr kriegt mich nicht!« Offenbar war Ulrich zu Höchstform aufgelaufen. Minuten später fuhren jede Menge Wannen vor, eine Horde bedrohlich aussehender, bis an die Zähne bewaffneter Polizisten in Kampfmontur sprang hinaus und stürmte in den Eingang. Ungefähr eine halbe Stunde später kamen sie wieder raus: »Alles in Ordnung, war nur eine Schreckschusspistole. Sie können jetzt reingehen.«

Seitdem habe ich Ulrich nie wieder gesehen. Monate

später stand jemand von der Hausverwaltung im Flur und wechselte das Schloss aus – seine Bude war leer.

»Unglaublich ...«, murmelte der Typ, »einfach abgehauen, ohne was zu sagen, ohne zu kündigen, ohne zu zahlen ...«

Offenbar war das Ulrichs Taktik, denn in den Folgewochen klingelten immer mal wieder Männer in Anzügen bei mir, die mich fragten, ob ich etwas über seinen Verbleib wisse. Die einen waren von der Bank, die anderen von Inkasso-Unternehmen, auch ein Gerichtsvollzieher war dabei. Allen gemein war, dass sie sehr missmutig dreinschauten, wenn ich die Thailandgeschichte erzählte.

Ich aber war froh und glücklich, dass Ulrich verschwunden war. Was auch immer er im juden- und ausländerfreien Thailand so treiben mochte.

Überraschung

ES KLINGELTE. VOR DER TÜR STAND ein Typ mit Drei-Tage-Bart und Lederjacke.

Ich begrüßte ihn: »Oh, guten Tag, Sie sind sicher ein Zivilpolizist und wollen, dass ich als Zeuge bei der Wohnungsdurchsuchung bei einem meiner Nachbarn dabei bin.«

Er starrte mich verblüfft an. »Woher wissen Sie das?«

»Hmm...«

»Und woran haben Sie gesehen, dass ich von der Kriminalpolizei bin? Ich bin doch zivil!«

»Ach, war nur so eine Ahnung. Ich zieh mir dann mal die Schuhe an.«

Im nächsten Moment wurde ich gegen die Wand gedrückt und hörte ein wütendes Schnauben. Noch ehe der Fahnder etwas zu artikulieren vermochte, sagte ich: »Ich habe nicht Arschloch gesagt, ich will nur meine Schuhe anziehen«.

»Ah ja.«

Er ließ mich beruhigt los. Sind doch irgendwie alle gleich, die Typen.

Diesmal ist Herr Dombrowski von gegenüber dran. Einer der Kripoleute versucht es noch mal auf die weiche Tour: »Herr Dombrowski, das hat doch keinen Sinn. Ersparen Sie es uns und sich, hier alles auseinanderzunehmen. Wir haben Sie doch observiert, als Sie das Zeug bekommen haben – in so 'ner kleinen gelben Kapsel.«

Dombrowski erwiderte: »Haben Sie eigentlich nichts anderes zu tun, als dieses Haus hier zu bespitzeln? Erst rufen Sie mich ständig als Zeugen zur Durchsuchung nebenan, und jetzt kommen Sie auch noch zu mir!«

Ah, auch ein Routinier. Beruhigend, in der Gesellschaft von Profis zu sein. Er war ruhig, wirkte aber zu allem entschlossen. Ich konnte nicht ahnen, welch genialen Plan er hatte.

»Waren doch kleine Mengen, da kommen Sie doch mit ‘ner Bewährungsstrafe davon«, versuchte der Beamte es noch mal auf jovial.

Dombrowski aber blieb stur: »Ich weiß gar nicht, was Sie wollen.«

»Na gut, Sie haben es so gewollt«, knurrte der Kriminalist und schüttete anschließend ein paar Schubladen aus. »Wir kriegen dich schon dran!«

Aller möglicher Krams rollte über den Küchenboden. Mit der letzten Schublade ein triumphierender Ausruf des Polizisten: »Hah, wusste ich’s doch! Da isses ja!« Er griff nach einem Überraschungsei, also diese gelben Plastikkapseln, in denen die Überraschungen drin sind. Er pulte mit großer Geste das Ding auseinander, und diverse Kleinteile purzelten heraus. »Nur so einer dieser bescheuerten Bausätze«, sagte Dombrowski, »ein Fehlkauf! Kann ich nicht brauchen.«

Der Zivilpolizist wurde langsam ernsthaft wütend: »Los schon, verarschen Sie uns nicht! Wir *wissen,* dass es hier irgendwo noch so ein Ding geben muss!«

Dombrowski nickte ruhig, ging zu seinem Küchenschrank und zog drei große Müllsäcke daraus hervor.

»Was ist das denn?«, fragte der Polizist.

Dombrowski setzte einen Kaffee auf und fragte die Fahnder: »Wollen Sie auch einen? Das kann noch dauern hier.«

Der Spürhund schüttete den blauen Sack aus. Hunderte kleiner, quietschgelber Plastikeier kullerten über das Laminat. »Setzen Sie sich doch«, bot Dombrowski freundlich an. Die beiden Fahnder guckten sich etwas verunsichert an, seufzten und begannen. Ei für Ei fummelten sie auf, ans Tageslicht kam ein *Happy Hippo* nach dem anderen, dazwischen *Crazy Crocos, Drolly Dinos* und *Peppy Pingos*.

»Hier!«, Dombrowski schnappte stolz nach einem Pinguin mit Eishockey-Schläger, »das ist Eddy Eigentor von 1992! Ist schon über 50 Mark wert!« Dann zeigte er mir die Hippos Pudding Paule und Träumer Tommy, die *Pinky Piggys* Matze Meisterstück und Felix Volltreffer – »die sind noch billig, die sind von 2000. Gut für Anfänger.« Gleiches galt für die *Mega Mäuse* und die *Super Spacys*, während die billigsten *Tapsy Turtles* erst bei etwa zehn Mark pro Stück anfingen. Einer der Polizisten pulte einen widerlich blauen Schlumpf aus einer der gelben Schalen. Freundlich, aber bestimmt sagte Dombrowski: »Seien Sie bitte vorsichtig. Das ist der *Eierlaufschlumpf*, der ist über 500 Mark wert. Der Löffel vorne kann leicht abbrechen.« Dann blinzelte er mir zu: »Herr Werning könnte jede Beschädigung der Figuren bezeugen.«

Bald war der ganze Küchentisch voll mit kleinen, debil grinsenden Nilpferden, fetten rosa glänzenden Schweinen, lasziv posierenden Krokodilen und sonstigem Getier.

»Ist ein gutes Geschäft. Sie glauben gar nicht, wieviel auf Tauschbörsen für die Dinger bezahlt wird. Kann ich gut von leben inzwischen. In der Speisekammer sind noch zwei Säcke.«

Die Polizisten schnappten nach Luft. »Bitte nicht!«, flehte der eine, »sagen Sie uns doch, wo der Stoff ist.« Der andere jammerte: »Wir könnten auch alles bis auf eine Tagesbedarfsration übersehen, dann passiert Ihnen praktisch nichts!«

Dombrowski blieb ungerührt: »Ich handele nicht mit Drogen, sondern mit Überraschungseifiguren. Überzeugen Sie sich selbst.«

Er schleppte weitere Müllsäcke heran. Die Polizisten jaulten auf. Aber sie waren von ihrer Mission überzeugt.

Und sie hatten wohl was behalten auf einem ihrer Fortbildungslehrgänge: »Das ist doch nur eine perfide Tarnung! Der will ablenken! Der will uns fertigmachen! Aber nicht mit uns«, murmelten sie.

Dombrowski sagte zu mir: »Kommen Sie, wir gehen fernsehn so lange«.

Nach den Tagesthemen bahnten wir uns einen Weg durch die Heerscharen an *Ferrero*-Figuren, die im Flur herumlagen, zurück zur Küche. Uns bot sich ein unschönes Bild. Alle Schränke waren restlos ausgeräumt, auf dem Boden lag jede Menge zerwühlter Kram, dazwischen Hunderte von Überraschungseifiguren. Die beiden Drogenfahnder saßen mit stierem Blick vor der letzten Kapsel, die sie gefunden hatten. Die Haut hing ihnen in blutigen Fetzen an den Fingern. Kleine rote Lachen auf Küchentisch und Boden unterstrichen den Eindruck eines Schlachtfeldes. Einige der Gartenzwerge und Tarzanfiguren waren so blutbefleckt, als seien sie Opfer eines Gewaltverbrechens geworden. Aus der letzten Kapsel purzelte ein blaues, fettes Nilpferd, das mit einer Art Strapse in einem blendendem rosa Farbton gekleidet war und sich auf dem Boden wälzte – *Babsy Baby*!

»Nein!« stöhnte der Polizist gequält auf und leckte sich seine Hand. Sein Kumpel sackte kraftlos über dem Tisch zusammen.

»Tja, das war's dann wohl«, sagte Dombrowski, und wir trugen die beiden vor die Haustür.

Es war die letzte Hausdurchsuchung, bei der ich Zeuge war.

Maximilian's Spezialitäten

WER IMMER NOCH VOM »grauen Wedding« spricht, der war noch nie an der Seestraße / Ecke Amrumer. Denn dort steht eine kleine Holzbutze, die derart leuchtend gelb angestrichen ist, dass es einem noch Stunden danach in den Augen schmerzt. »Maximilian's Spezialitäten«, prangt in knallig roten Buchstaben darauf. Dort steht einsam ein Mann hinter seiner Fritteuse und schaut die ganze Nacht auf das vergnügungssüchtige Treiben vor der Großraumdisco auf der anderen Straßenseite – der Maximilian! Nachts bilden sich lange Schlangen vor der Bretterbude. Dann spielen sich dort die merkwürdigsten Szenen ab, und gelegentlich muss sich selbst der wortkarge Imbisswirt Luft machen. Bei solcher Gelegenheit stehen wir wie zwei alte Greise kopfschüttelnd da, vereint in unserer Ablehnung der verlotterten Sitten heutzutage, und es ist eine der wenigen Gelegenheiten, wo der Maximilian vom kühl distanzierten Pommesprofi, der alle Kunden mit derselben Missachtung und Wortlosigkeit behandelt, zum Mensch Maxi wird. »Willst du noch 'n Kaffee?«, fragt er in diesen seltenen Momenten der Vertrautheit, und ich nicke dankbar. In diese Gunst kommt natürlich nur, wer sich in langen Jahren des widerspruchslosen Verzehrs der angebotenen Spezialitäten die erforderliche Vertrauensbasis erarbeitet hat, denn es scheint Einstellungsvoraussetzung in dem Etablissement zu sein, dass niemals ein persönliches Wort an die Kunden gerichtet wird. Egal, ob Umland-Discobesucher, Wedding-Prolet oder Arzt vom Virchow-Hospital – beim

Maximilian gelten nur die harten Facts: Pommes oder Currywurst, *Schultheiss* oder *Kindl*, zum Hieressen oder Mitnehmen. Nicht mehr und nicht weniger, und das Publikum nimmt es dankbar und demütig zur Kenntnis.

Anfangs, nachdem ich aus Münster in den Wedding gezogen war, hatte ich die Bude hauptsächlich genutzt, um die Gäste aus der Heimat zu erschrecken. Allein beim Anblick der Preistafel – Bratwurst mit oder ohne Darm – wurde den Ersten schon schlecht. Ihr Entsetzen aber wurde namenlos, wenn sie eine Currywurst bestellten und mit ansehen mussten, wie der Maximilian diese in aller Seelenruhe vom Grill nahm, sie sorgsam mit dem Messer zerstückelte, um sie zu den Pommes in das blubbernde Fett zu schmeißen, sich dann eine Zigarette anzündetete, und, während er diese genussvoll und schweigend schmauchte, die Wurstteile dabei beobachtete, wie sie so richtig durchzogen, bevor er sie aus dem Sud hob, flüchtig abtropfen ließ und sie schlussendlich unter einer großen Kelle Currypulver und Ketchup begrub, bevor er das Papptablett den schreckstarren Besuchern vorknallte. Danach hatte sich im Berlin besuchenden Bekanntenkreis die Spreu vom Weizen getrennt: Die überflüssigen Gestalten kamen nach einem solchen Erlebnis nie wieder, die echten Freunde blieben und bewunderten mich dafür, dass ich es geschafft hatte, mich unter diesen lebensfeindlichen Bedingungen anzusiedeln.

So verging Jahr für Jahr. In der Zwischenzeit habe ich den besonderen Ehrenstatus erreicht, dass der diensthabende Maximilian grüßend die Hand in seiner Bude erhebt, wenn ich vorbeischlendere. Dann geht ein Raunen durch die Menge der umstehenden Passanten. Die Neuankömmlinge aus Moabit, Westdeutschland und dem Libanon schauen neidisch zu mir, wohl wissend, dass sie noch lange und harte Jahre vor sich haben, und dass es trotz aller Bemühungen keineswegs garantiert ist, dass sie diesen sozialen Status jemals erreichen werden. Die alteingesessenen Weddinger hingegen nehmen es mit Respekt zur Kenntnis, und ihr angedeutetes zustimmendes Nicken will mir sagen: »Ja – du bist einer von uns! Recht getan!«

Und doch, mich um die allerhöchste Weihe zu bemühen, habe ich mich bis heute nicht getraut. Jedesmal blicke ich voll Ehrfurcht auf die Preistafel, wo sie in der untersten Zeile angeschlagen steht, ewiges Menetekel und verlockende Prophezeiung gleichzeitig: die *Maxilette*! Lumpige zwei Euro nur, und doch gleichbedeutend mit dem Griff nach den Sternen am gesellschaftlichen Weddinger Firmament. Nie traf ich auf jemand, der sich getraut hätte, eine *Maxilette* zu bestellen. Nur einmal wurde ich Zeuge eines Frevels, und es beschämt mich, zugeben zu müssen, dass es ausgerechnet mein kurzzeitiger Mitbewohner Ben war, nachdem er gerade mal ein Jahr im Wedding gelebt hatte. Wir standen zusammen am Tresen, ich gab die übliche Bestellung auf, und plötzlich hörte ich Ben laut und klar formulieren: »Und für mich eine *Maxilette*, bitte!« Einen Moment schien der ganze Bezirk erstarrt, blieben die Autos stehen, hörten die Ratten auf zu quieken. War es wirklich nur eines der Flugzeuge, die Tegel anflogen, oder grollte es direkt vom Himmel? Ben wirkte etwas bleich, als hätte er plötzlich Angst vor der eigenen Courage bekommen. Doch dann taten alle, als sei nichts geschehen, und er erhielt die verlangte Speise.

Beherzt, wie um den bösen Spuk ein für allemal zu vertreiben, biss er hinein, und im nächsten Moment verzog er das Gesicht zu einer schrecklichen Grimasse, erfror in seinen Bewegungen, und deutlich konnte man verfolgen – wie bei einer Schlange, die ein Kaninchen verschlingt, das dann ganz allmählich durch das Innere des Schlauches gleitet –, dass das Maxilettenstück als kleiner Hubbel im Zeitlupentempo seine Kehle in Richtung Magen herunterkroch. Ein dumpfes metallenes Geräusch kündete von seiner Ankunft. Ungläubig und verschreckt wie ein Reh im Scheinwerferlicht starrte Ben auf das verhängnisvolle Brötchen, während der Maximilian ihn mit ungerührter Miene fixierte, doch mein Mitbewohner wollte nicht aufgeben. Ein zweites Mal biss er zu, versuchte zu kauen, wollte schon schlucken, doch die rasant einsetzende Grünfärbung seines Gesichts ließ Böses ahnen, und plötzlich erschütterte ihn ein Hustenanfall, der befürchten ließ, sein Innerstes werde nun nach außen geschüttelt; kleine Maxiletten-Bröckchen stoben über die Stehtische, er würgte und rang nach Luft.

»Ich glaube, ihr geht jetzt besser«, sagte der Maximilian mit der ruhigen und erhabenen Stimme des unangefochtenen Herrschers, der einmal mehr seine Machtfülle demonstriert hatte. Ich brach Bens verkrampfte Hand auf, löste den Rest der Maxilette, den er wild umklammerte, sorgsam heraus und überreichte sie vorsichtig an den Maximilian, der sie wie ein Hohepriester, der seine Opfergabe erhält, entgegen nahm. Dann stützte ich den gebrochenen Körper meines Freundes und führte ihn nach Hause in unsere Wohnung. Er traute sich nie wieder auch nur in die Nähe der Amrumer Straße.

Noch heute aber, wenn ich bei »Maximilian's Spezialitäten« vorbeigehe, hebt der König der Fritteuse im Innern seines gelben Reiches stumm grüßend die Hand, und ich weiß, dass ich hierher gehöre. Und eines Tages, ich bin sicher, werde ich ein Zeichen empfangen, dann wird es so weit sein, und feierlich werde ich eine *Maxilette* bestellen und Bissen für Bissen genießen können. Ich habe Zeit.

Zelten an der Müritz

ICH HABE IMMER SCHON EIN FAIBLE für irgendwie alternativ-ökologisch-feministische Frauen gehabt. Ich weiß nicht warum, ich kam nie los davon. Vor allem zwei Dinge haben mir das Leben dabei regelmäßig schwer gemacht: Zum Ersten das Grunddilemma der zwischengeschlechtlichen Annäherung in diesem Milieu. Denn wie schafft man es, sich an eine Frau heranzumachen, letztlich dann ja doch irgendwie, um Sex mit ihr zu haben, dabei aber andererseits permanent den Eindruck zu erwecken, sie keineswegs auf das Sexuelle zu reduzieren, denn das wäre ja sexistisch. Dabei hingen die meisten Frauen dieser Szene ja keineswegs strikten Moralvorstellungen oder romantischer Verklärung nach, sondern nahmen im Gegenteil für sich in Anspruch, »ihre Sexualität voll auszuleben«, wie es höchst unerotisch hieß, sprich: Sie wollten letztlich auch einfach nur vögeln, aber wenn überhaupt mit Männern, dann nur mit solchen, die sie nicht einfach nur vögeln wollten. Es ist mir nie gelungen, dieses Rätsel zu lösen.

Der zweite große Nachteil an solchen Frauen: Sie wollen immerzu zelten. Pensionen oder Hotels halten sie für spießig, außerdem ist Zelten so natürlich, so erdverbunden, so ... – »arschkalt ist es!«, gab ich zu bedenken, als Ulrike vorschlug, ein Wochenende im Mai an der Müritz zu campen. Sie sah mich empört an. Verdammt, ich fand sie wirklich interessant, es sah gar nicht schlecht aus mit uns, und jetzt kam sie mit dieser elenden Camping-Nummer. Ein Scheiß. Und das am womöglich neuralgischen Punkt unseres Verhältnisses, irgendwie musste allmählich was passieren, sonst wäre es am Ende noch auf eine dieser »Gute Freunde«-Geschichten hinausgelaufen. Das ist nämlich das Problem bei der zwischengeschlechtlichen Annäherung, ohne ein sexuelles Interesse in den Vordergrund zu stellen. Ganz schnell ist man über den richtigen Punkt hinweg, und dann ist Sex plötzlich kein Thema mehr, dann hat man eine gute Freundin. Ich aber hatte schon einen ganzen Haufen guter Freundinnen. Ich brauchte nicht noch eine. Ich hatte schon mehr gute Freundinnen, mit denen ich über alles reden konnte, als Zeit, um mit jeder auch nur über das Wichtigste zu sprechen, geschweige denn über alles. Abgesehen davon war »alles« auch eine im Grunde lächerliche Lüge, denn während sie mir, wie mir schien, tatsächlich alles erzählten, am liebsten über ihr irgendwie gerade immer verkorkstes Liebesleben, konnte ich natürlich das Entscheidende gerade nicht sagen, nämlich dass, meiner bescheidenen Meinung nach, ich die Lösung dafür wäre.

Gut, also auf zum Zelten. Im Grunde war die Gelegenheit natürlich auch ideal, zwei Nächte gemeinsam auf engstem Raum, eigentlich ja Romantik pur. Und es ging sich auch ganz gut an. Der Zeltplatz war wirklich schön, direkt am See, etwas abseits der Straße. Man kam nur zu Fuß hin, was Dauercamper und Familien auf sichere Distanz hielt. Gut, man musste in Kauf nehmen, dass sich abends verschiedene Lagerfeuer bildeten, und zu jedem Feuer gab es auch immer mindestens eine Gitarre, und was wir da zu hören bekamen, war nicht alles schön und manches erinnerte mich an die vergangenen Jungchristentraumata; wir aber machten es uns vor unserem Zelt gemütlich, tranken Rotwein und kamen uns näher. Bis irgendwann die Gitarren verstummten und der Schein der Feuer dem des Sternenhimmels Platz machte, wir bestaunten die Milchstraße, die so anders aussah als daheim in Berlin, dann sagte sie, sie sei jetzt müde und wolle ins Bett. Ich schluckte. Hatte ich den Punkt schon wieder verpasst? Oder kam er jetzt erst? Ich war unschlüssig.

Einerseits wollte ich nichts falsch machen. Wir hatten ja zwei Nächte. Zwei Nächte, von denen ich andererseits sehr präzise Vorstellungen hatte, wie ich sie gerne verbringen würde, aber wenn ihre Interessenlage doch anders lag, dann, da war ich mir sicher, dann könnten diese Nächte auch zur Hölle werden, wenn es einmal ausgesprochen war. Im günstigsten Fall würde sie am nächsten Morgen erbost und »menschlich tief enttäuscht« zurückfahren, wahrscheinlicher aber würden wir »über alles sprechen«, sie wäre sehr mitleidig und einfühlsam und bemüht, mich nicht zu kränken, und ich wäre zu feige, einfach abzuhauen, weil ich mich nicht trauen würde, ihr zu sagen, dass ich doch eigentlich nur Sex mit ihr gewollt hatte, weshalb sie denn glaubte, warum ich mit auf diesen beschissenen Campingplatz gekommen war. Nein, diese Situation galt es unbedingt zu vermeiden. Ein Zeichen von ihr, und ich wäre aufs Ganze gegangen, aber so sehr ich auf alles achtete – es gab einfach kein Zeichen. Sie legte sich in ihren Schlafsack und schien sofort einzuschlafen. Vielleicht wartete sie einfach nur darauf, dass ich ... ein leises, aber doch hinreichend deutliches Schnarchen ließ mich diese Theorie wieder verwerfen. Unruhig wälzte ich mich auf meiner Isomatte hin und her, der blöde Schlafsack war viel zu eng, und in meinem Rücken war eine Monsterwurzel von einem uralten Prachtbaum, der das alles hier schon hunderte Male unter seinen ausladenden Ästen gesehen hatte, junge Paare kamen und gingen unter ihm ein und aus, natürlich, das war vor 500 Jahren auch schon so, ihm brauchte man da nichts erzählen, gelangweilt bohrte er seine Wurzel in meine Nieren. Ich schlief schlecht.

Der Samstag verging dann so einigermaßen, schönstes Frühlingswetter versöhnte mich wieder mit der Welt, und wir hatten die entscheidende Nacht ja noch vor uns.

Wieder verlief alles angenehm, wir unterhielten uns, wir saßen eng beieinander, wir ließen uns den Wein schmecken – als plötzlich eindeutiges Gestöhne aus dem

Nachbarzelt drang. Das brachte meine Strategie doch irgendwie durcheinander. Was sollte ich tun? Ignorieren? Ulrike kicherte ein wenig, wirkte aber ebenfalls verunsichert. Was um Himmels Willen sollte jetzt geschehen? Sollte ich etwas sagen wie: »Gute Idee, oder? Wollen wir nicht auch?« Vielleicht nicht so richtig romantisch, schien mir. Oder sollte ich, wie wenn man auf einen weit entfernt singenden Vogel hinweist, der schon seit Jahren auf der Roten Liste steht, etwas säuseln wie: »Da! Hörst du es auch?« Völlig zu Recht müsste sie antworten: »Ich bin doch nicht volltaub, du Depp!«, denn nebenan schrie es inzwischen recht lautstark.

Verlegen schauten wir uns im Mondenlicht an, dann das benachbarte Zelt, ein winziges Einpersonenzelt mit offensichtlicher Überbelegung, es war regelrecht zum Leben erwacht, immer wieder wölbte es sich an der ein oder anderen Stelle schlagartig aus, wir hätten raten können, welche der Beulen für Beine, Arme oder Köpfe standen, fast hätte man fürchten können, dass die Heringe der Belastung nicht standhalten würden, und sie standen dicht am Wasser, es stöhnte und keuchte und öffelte. Allmählich erholten wir uns von der Überraschung. Ulrikes zunächst eher verstörtes Grinsen wich einem verschwörerisch-verführerischen Lächeln. Das war der Punkt! Diesmal war ich mir sicher. Auch ich lächelte vielsagend, sie schüttete mir noch etwas Wein in den Plastikbecher, rückte näher zu mir, wir wollten gerade anstoßen, da brüllte es plötzlich aus einem anderen Zelt: »Ey, verdammte Scheiße, könnt ihr nicht mal leiser ficken?!« Ich zuckte zusammen. Hatte die romantisch-flirrende Stimmung womöglich leichten Schaden genommen?

Wir sahen uns kurz unsicher an, dann aber lachten wir und setzten zum Kuss an, da brüllte es aus dem Zelt des lautstarken Liebespaares: »Was willst du denn, du Spießer, wir können ja wohl ficken, so viel wir wollen.« Wir duckten uns, das Paroli ließ nicht lange auf sich warten:

»Andere wollen hier schlafen, ihr Wichser!« »Was heißt denn hier Wichser? Das bist ja wohl eher du! Wir ficken hier schließlich!« Jetzt mischte sich die Fickerin ein: »Ist ja wohl dein Problem, wenn du keine abgekriegt hast!« »Was heißt denn hier keine abgekriegt! Ehe ich eine wie dich ficke, mache ich's mir lieber selbst!«, brüllte der Wichser, und jetzt schalteten sich auch die anderen umstehenden Zelte ein: »Ey, könnt ihr mal ruhig sein!« »Wir kommen da gleich mal rüber.« »Euch besorg ich's gleich mal richtig!«

So ging das noch eine ganze Weile. Wir krochen ins Zelt. Mein Verdacht schien sich zu bestätigen: Irgendwie hatte die erotische Stimmung gelitten. Ulrike verkroch sich in ihren Schlafsack, murmelte etwas wie: »Ist ja doch noch ganz schön kühl nachts«, und zog den Reißverschluss bis zum Anschlag hoch, nachdem sie die Kapuze ganz fest um ihren Kopf gebunden hatte. So lag sie da, ein menschlicher Castorbehälter, während es draußen noch murrte und schimpfte und pöbelte. Ich gab auf. Bereitwillig ließ ich mir die Wurzel des Baums in den Rücken bohren. An Schlaf war nicht zu denken. Im ersten Morgengrauen schälte ich mich aus dem Zelt und machte mir fröstelnd einen Kaffee.

Wir wurden gute Freunde, Ulrike und ich. Wir konnten über fast alles reden. Nur über diese Nacht an der Müritz, da schwiegen wir. Bis heute.

Imbiss zur Mittelpromenade

ES IST NICHT GUT, WENN MAN zu eingefahren lebt. Man muss einfach mal für Veränderung sorgen. Nach acht Jahren in meiner alten Wohnung direkt neben der *Aral*-Tankstelle, spürte ich, dass es Zeit war, zu neuen Ufern aufzubrechen. Neue Leute kennen lernen, eine andere Umgebung, mal was von der Welt sehen. Also suchte ich mir eine neue Wohnung und zog um. Von der Seestraße 22 in die 101. Von der rechten auf die linke Straßenseite. Vom dritten Stock ins Parterre. Damit ich in der ersten Zeit mit all diesen Veränderungen klarkäme und überhaupt einschlafen könnte, stellte ich mir eine Lampe mit blauer Glühbirne vor das Fenster.

Da war ich nun also: Auf der legendären, geheimnisumwitterten, mystischen, der anderen Seite der Seestraße. Ich war stolz auf mich. Ich war seit Generationen der erste Werning, der die heimische westfälische Scholle verlassen hatte, und nun hatte ich mich mich auch noch als vermutlich erster Bewohner des belgischen Viertels in den Gefilden links der Seestraße angesiedelt. Denn der Weg hinüber ist lang und voller Hindernisse. Wer regelmäßig diagonal über die Kreuzung Seestraße/Müllerstraße muss, über zwei große sechsspurige Hauptstraßen mit Fußgängerampeln, die so getaktet sind, dass es selbst Leichtathleten kaum gelingen dürfte, während einer Ampelphase beide Fahrtrichtungen zu überqueren, und deshalb mit Dutzenden anderer Passanten zusammengedrängt auf der Verkehrsinsel in der Mitte wartet, um minutenlang bis zum nächsten Fußgängergrün von Autos und Straßenbahnen umtost zu werden, der bekommt eine echte Vorstellung davon, was das viel zitierte »Schweinesystem« eigentlich ist. Und wer versucht, den Ampeln zu entgehen, muss sich durch ein Hundekotminenfeld höchsten Verseuchungsgrades schlagen, das den Begriff »Grünstreifen« ad absurdum führt. Nach der Neueröffnung der Straßenbahnlinie haben manche Seestraßenseitenpendler die Überquerung sogar mit dem Tod bezahlt, weil sie sich als alteingesessene Weddinger an den neuen Akteur im Verkehrsgeschehen einfach nicht gewöhnen konnten. Und schließlich, am Nadelöhr, der Schnittstelle zwischen den beiden Ufern, lauert die größte Gefahr: der »Imbiss zur Mittelpromenade«.

Früher handelte es sich um eine kleine Holzbude. Nach dem Bau der Straßenbahn war sie aber dem modernen Verkehrsträger nicht mehr angemessen, und die BVG spendierte einen fest installierten, ordentlich gemauerten Stand, direkt neben einer dieser neuen öffentlichen City-Toiletten, für die man zwei Euro oder so Eintritt zahlen muss, und bei denen ich mich immer frage, ob dort jemals einer drauf war, und was man wohl zu sehen bekäme, würde man mal die Münzen in den Schlitz stecken und das Ding öffnen. Wäre vielleicht mal ein Tipp für die Vermisstensuchkommission der Kripo.

Trotz des schicken Neubaus: Der »Imbiss zur Mittelpromenade« ist die mit Abstand fieseste, fettigste, unappetitlichste, ja ekligste Pommesbude, die ich kenne. Und ich kenne viele Pommesbuden. Als ich einmal testhalber dort aß, wurde mir schlagartig speiübel, was immerhin auch ein Erklärungsansatz für die City-Toilette nebenan wäre. Ich hatte eine Bulette bestellt. Meine Erwartungen waren keineswegs hoch geschraubt, ich rechnete mit dem üblichen Fleischklopps mit rauer, warziger, geradezu tumoröser Oberflächenbeschaffenheit, wie man ihn beispielsweise bei »Maximilian's Spezialitäten« immer bekommt, bei dem man ständig auf diese Knorpelreste beißt und wo bei jedem zweiten Bissen ein Knochenstückchen zwischen den Kiefern splittert. Hinterher wehen dann zentimeterlange Fettfetzen zwischen den Backenzähnen im Speichel. Bestes, vermutlich mit Tapetenkleister zusammengepapptes Separatorenfleisch eben. Das war alles, mehr hatte ich doch gar nicht gewollt. Eine richtig schöne Pommesbudenbulette also. Ist das denn schon zu viel verlangt?

Ich bekam stattdessen ein in perfekte Form gegossenes Zylinderstückchen, einem Eishockeypuck nicht unähnlich, dessen Oberfläche so glatt war wie ein Babypopo. Ein frisch eingeölter, dem schmierigen Schimmer nach zu urteilen. Das Ding hatte kein Äußeres und kein Inneres; es war eine homogene Masse, in irgendeiner Fabrik in Form gegossen, und in der Bude dann in einem großen lauwarmen Ölsud aufbewahrt. Bei Bestellung wird es einfach dort herausgenommen und auf das Papptellerchen gelegt. Wenn man es durchschneidet, staunt man nicht schlecht: Keine Bröckchen, kein Hubbel, keine Blase, nicht eine einzige Fleischfaser. Feinst zermahlene, zu hundert Prozent mit Fett gesättigte Masse. »Mit Ketchup?«, fragte der Imbisswirt drohend, ich lehnte dankend ab, ging meines Weges und ließ das Teil im Papierkorb an der Straßenbahnhaltestelle verschwinden. Ich schwor mir, nie wieder beim »Imbiss zur Mittelpromenade« einzukehren.

Die Herausforderung war groß. Lange Zeit blieb ich standhaft. Egal, wie spät es war, egal, wie betrunken ich war, egal, wie groß der bierbedingte Heißhunger in mir wütete. Nicht zur Mittelpromenade. Alles, nur nicht zur Mittelpromenade. Ich wusste, wenn ich erst einmal so weit gesunken war, dann würde es schwierig werden.

Aber: Die Prüfung war zu hart, die Falle unausweichlich. Ich *muss* daran vorbei, wenn ich vom Nachtbus oder von der U-Bahn nach Hause will. Eines Nachts passierte es dann. Mit Denken war schon vor Stunden Schluss, Laufen funktionierte auch nur noch rudimentär, aber der

Magen, der wollte noch was Festes in die Liter. So stand ich dann um drei Uhr morgens mit den anderen Gescheiterten dieser Nacht an. Mein Gott, Schlange stehen für die »Mittelpromenade«! Der Laden aber weiß um den desolaten Zustand seiner Kundschaft, um den vollständigen Fatalismus, der zwischen City-Toilette und Straßenbahnschienen herrscht. Der Imbisswirt hat nur *eine* Schürze. Nein, ich vermute, der ganze *Imbiss* hat sogar nur eine Schürze, die sich der jeweilige Diensthabene einfach umbindet. Wie beim Staffellauf. Die Bediensteten klatschen sich sozusagen mit dem Kittel gegenseitig ab. Zeit, ihn zu waschen, bleibt da nicht. So also ist er in leuchtendem Uringelb weithin sichtbar eingefärbt, die braunen Schlieren mögen von Bratwurstwasser oder Ketchupspritzern herrühren, gemahnen aber dann doch wieder an die City-Toilette. Das spart nicht nur den Waschgang, das spart auch ein Handtuch. Ob Bratwurstwender oder Pommeskelle, ein Wisch im Kittel, schon ist die Gerätschaft wieder einsatzbereit. Dann bekomme ich schließlich mein Paket. Ich verlange in meinem Wahn noch ein Bier und erhalte eine Dose *Berliner Kindl*. »Hier, der Bon für's Pfand«, gibt der Wirt mir ein Zettelchen. Ich starre es zunächst verständnislos an. »Ist ein Bombengeschäft für uns«, lacht mir der Diensthabende ins Gesicht, »so'n Ding hat noch nie jemand zurückgebracht.« Und tatsächlich, so ist es ja auch: Wer hier strandet, der tut das nur aus völliger Unwissenheit oder weil sein Zustand extrem verzweifelt ist. In beiden Fällen wird er später nichts anderes wollen, als zu vergessen. Und garantiert nicht noch einmal freiwillig hier vorbeischauen, um seine paar Cent Pfand abzuholen.

Am nächsten Tag geht es mir nicht gut. Mein Kopf dröhnt, mein Magen rebelliert. Filmriss. Was war geschehen? Ich kämpfe mich bis zur Küche durch, um einen Kaffee aufzusetzen. Auf dem Tisch erkenne ich mit schreckgeweiteten Augen ein Tablett, darauf fingerdicke Mayonnaisereste, daneben Spuren von Currypulver und eingetrocknete Ketchupflecken. Ich hatte doch nicht etwa...? Schemenhaft fallen mir die Geschehnisse der Nacht wieder ein. Dann fällt mein Blick auf die *Kindl*-Dose und das Pfandzettelchen. Das war der Beweis: Ich musste tatsächlich nachts noch auf der Mittelpromenade gewesen sein. Schlagartig wird mir schlecht. Noch während ich ins Bad stürze, schwöre ich mir: Nie wieder! Und doch weiß ich, dass die Spinne längst ihr Netz wieder frisch gesponnen hat, und schon in dieser Nacht wird sie wieder fette Beute machen, hilflose Opfer findet sie immer. Und auch, wenn ich jetzt erstmal wieder eine Zeitlang gewarnt bin: Ich ahne, dass man seinem Schicksal auf Dauer nicht entgehen kann.

Unser Kiez soll schöner werden

Natürlich ist es nicht ohne Bedeutung, wo man wohnt. Im Allgemeinen wird diese Frage aber überbewertet. Ich wohne im Wedding, weil ich da mal eine freie Wohnung bekommen habe. Das war's. Hätte ebenso gut auch ein anderer Teil der Stadt sein können. Und ich wohne in Berlin, weil ich da hinmusste. Sicher wäre mein Leben ein anderes, hätte es mich stattdessen nach Bayreuth, Stuttgart oder Kiel verschlagen. Aber es wäre nicht unbedingt schlechter. Man passt sich den äußeren Gegebenheiten ja an, und überall kann es auf seine Weise interessant sein. Der großstädtische Snobismus gegenüber Kleinstädten ist ebenso verachtenswürdig wie die Glorifizierung des Dorflebens durch Landleute.

Nennen wir ihn doch einfach Sven. Sven sieht aus wie einer dieser jungen, trendigen Leute, die von Westdeutschland nach Prenzlauer Berg ziehen. Sven ist aber ein junger, trendiger Leut, der von Westdeutschland nach Wedding zieht. »Ganz bewusst«, wie er betont, »ich hätte natürlich auch nach Prenzlauer Berg oder Mitte gehen können, aber das wäre mir zu einfach gewesen.« Zu einfach? Was soll das denn? Wohnen als Extremsportart? Der Kiez als Survivaltraining?

Sven sucht die Herausforderung. Und zwar keineswegs die Herausforderung, sich hier einzufügen, nein, er will den Kiez nach seinen Vorstellungen formen. Er hat sich der Aufgabe gestellt, den Wedding in das Mitte von morgen zu verwandeln. Daher hat er sich sofort irgendeiner Bürgerinitiative angeschlossen. Vollgepumpt mit Senatsgeldern versuchen hier Leute, die in voller Absicht erst vor kurzem hergekommen sind, die Gegend mal ordentlich aufzuräumen. Zum Beispiel mit Straßenfesten. Mit antialkoholischen Straßenfesten, versteht sich. Straßenfeste mit multikulturellem Trallala, auf denen esoterisch angehauchte Frauen um Stände mit Räucherstäbchen hüpfen und von guten *Vibrations* schwärmen. »Gute Vibrationen könnte ich dir schon verpassen, Schnecke!«, grölt ein Prolet von gegenüber, und ich bin ihm sehr dankbar. Nach meiner Einschätzung sind die Besucher dieses Festes entweder verrückt oder aus den Nachbarbezirken. Die Bevölkerungsmehrheit des Wedding jedenfalls, also die Leute, die nicht von Multikultur reden, sondern die Multikultur sind, die bewegt das Spektakel nämlich gar nicht, aus ihren Funk-Clubs »nur für Mitglieder«, den Tee-Stuben, An- und Verkaufsläden und Falafelschmieden sind sie so nicht herauszulocken. Und die Weddinger Trinker postieren sich zwei Straßen weiter, missmutig darüber, ihren Stammplatz an einen Theodor-W.-Adorno-Tauschring verloren zu haben. Wenn die wüssten. Bald darauf, so wird sich herausstellen, werden sie nämlich die Bänke auf dem Platz gleich ganz verloren haben.

»Auf massive Beschwerden der Anwohner hin«, so teilt das Bezirksamt in einem Aushang mit, habe man »die Bänke entfernt und das Grün zurechtgeschnitten«, um es den Trinkern so ungemütlich wie möglich zu machen. Man sei sich »dessen bewusst«, so das Bezirksamt, »dass das soziale Problem des Alkoholismus durch diese Maßnahme nicht gelöst werden« könne, aber den Anwohnern seien »die Zustände einfach nicht mehr zuzumuten.« Vermutlich betrachtet man es als humanitäre Geste, die Leute nur zu vergraulen, statt sie gleich zu deportieren.

»Frühstückst du gerne?«, fragt Sven mich. Was soll man auf eine solche Frage antworten? »Nee, ach, Frühstück, weißte, das ist nicht so mein Ding, ich steh mehr so auf Abendessen«, oder: »Frühstücken? Bist du wahnsinnig? Das ist ja ekelhaft!« Also knurre ich irgendwas. »Das ist gut«, freut er sich, »dann komm doch einfach demnächst zu unserem Kiezfrühstück. Wir setzen uns auf die Straße und frühstücken da.« Ich aber habe genug Geld, um mir eine Wohnung leisten zu können, und praktischerweise ist da alles drin: Küche, Esstisch, sogar eine Kaffeemaschine. Ich muss nicht auf offener Straße frühstücken. Und Sven kenne ich gar nicht richtig, ich frühstücke lieber mit meiner Geliebten als mit Kiezaktivisten. Sven aber will mich überzeugen: »Jeder bringt etwas Leckeres mit, und dann frühstücken wir. Immer an einer anderen Stelle im Kiez, auf dem Bürgersteig oder einem Platz. Je mehr Leute mitmachen, desto besser. Wir machen den Wedding wieder wohnlich.«

Noch ehe ich ihn fragen kann, ob er dann demnächst nicht auch einfach auf der Straße schlafen wolle, dass würde den Wedding doch erst richtig wohnlich machen, und dass es andererseits doch bereits genug Leute gebe, die die Straße zu ihrem Ess-, Schlaf- und Wohnzimmer, sogar zu ihrer Abstellkammer und zum Klo machen, fügt er an: »Kaffee statt Bier! Brötchen statt Bratwurst! Wir zeigen, dass wir uns nicht aus dem öffentlichen Raum verdrängen lassen.«

Verdrängen lassen? Er will mit seinen Kieztätern über die Weddinger Bürgersteige rollen wie weiland die chinesische Armee über den Platz des Himmlischen Friedens, und dann spricht er davon, die Trinker wollten ihn verdrängen? Meine Erfahrung mit Alkoholikern ist eine andere: Die wollen niemand verdrängen, die wollen trinken. Viel trinken. Zu jeder Tageszeit trinken. Die verdrängen höchstens ihre Erinnerung, anschließend ihre grauen Zellen aus dem Kopf und abschließend die verfetteten Zellen aus der Leber, und dann sind sie tot. Das Leben gibt einem viele Rätsel auf. Alkoholismus gehört nicht dazu.

Und überhaupt: Wer verdrängt hier denn wen? Wer hat denn diese Leute mit Sozialtick hierher gebeten? Die

Weddinger Stammtischbesatzungen von *Zum Süffel* oder im *See-Tank*? Die Omas, die morgens durch den *Reichelt* flanieren und im Café neben dem *Alhambra* ihren Eierlikör schlürfen? Die Fladenbrotbäcker? Die islamistischen Schläfer? Wir haben doch wunderbare Stadtviertel freigemacht für solche Leute: In Mitte ist noch ein Zimmer frei, im »Prenzlberg« wartet man auf dich, und jetzt wird doch auch Friedrichshain geräumt. Aber nein: zu einfach. Sie wollen in den Wedding. Sven wird delirös: Ob ich wüsste, wie das wäre, wenn man morgens aus dem Haus trete und im Gebüsch liegt irgendein Säufer in seinem Erbrochenen? Ich blicke ihn ratlos an. Ich wohne hier seit mehr als zehn Jahren – natürlich weiß ich das.

Was glaubt er? Dass die Säufer zu trinken aufhören, wenn man ihnen die Parkbank unter dem Hintern wegzieht? Dass die Welt besser wird, wenn sie sich demnächst in ihrer Wohnung die Hucke volllaufen lassen? Dass sie sich eher ins soziale Leben integrieren, indem man sie wegscheucht? Und außerdem: Wenn ich auf offener Straße von völlig Unbeteiligten zum Frühstück genötigt würde, wenn man begönne, mir an jeder Ecke Duftkerzen unter die Nase zu reiben oder Gesprächskreise um mich herum zu gründen, wenn man mir mit Bürgerinitativen käme und singende, sich an den Händen haltende Menschenketten Ringelreihen tanzend über meinen Platz zögen – da würde ich auch lieber trinken.

Aber, bei allem Wind, den Sven und Konsorten produzieren, bei einem bin ich mir doch ziemlich sicher: Der Wedding ist stärker. Den Weddinger interessiert es wenig, wer da welche Projekte durchpeitschen will. Er zuckt mit den Schultern, dreht sich um und bestellt ein weiteres *Schultheiss*. Oder einen Ayran. »Kiek ma an, da sitzen welche uffe Straße und machen engajiertes Frühstücken«, sagen sie ihrem Tresennachbarn, »na denn juten Appetit, wa.« Da kann Sven auf dem Bürgersteig herumfuchteln, hüpfen und hampeln, so wie er will. Es kümmert einfach niemand. Für mich hat das etwas sehr Beruhigendes.

Friedhof der Ratten

DIE FAUNA UNSERES HINTERHOFES wird von zwei Spezies dominiert: Ratten und Schmeißfliegen, Letztere in den Varianten klein, dämlich und gesellig, also die Dinger, die immer in Gruppen um irgendeinen imaginären Punkt in der Luft kreisen, oder dick und laut, also diese Brummer, die mit beachtlichem Krach, aber meist allein durch die Gegend brausen.

Ich bin, insgesamt, recht entspannt im Umgang mit Tieren, und ich sehe nicht ein, wieso ich bei Ratten eine Ausnahme machen sollte. Die Zeit, in der sie die Pest übertrugen, ist ja vorbei, und im Regelfall haben die Ratten und ich dasselbe Abkommen, wie ich es auch mit allen anderen Bewohnern meines Bezirkes pflege: Wir lassen einander in Ruhe, dann gibt es auch keine Probleme. Abgesehen davon sind Ratten ja auch ganz niedlich. Das ist doch rührend, wie sie da so süß im Müll hocken, in den kleinen Pfötchen ein aus dem Döner gefallener Kalbsschnipsel, daran mit zufrieden strahlenden Knopfäuglein herumnagen und dabei mit dem eleganten, nackten Schwanz ein bisschen herumschlängeln. Außerdem sind sie, im Gegensatz zu den anderen Passanten, die man so trifft, auf der Straße vorbildlich leise und immer korrekt gekleidet. Manchmal denke ich sogar, wenn ich so Richtung U-Bahnhof schlendere, dass wir die einzigen einigermaßen zurechnungsfähigen Einwohner hier sind, die Ratten und ich.

So war das früher. In letzter Zeit aber werden auch die Ratten lauter. Sie quieken, wenn sie sich streiten. Nachts geht es manchmal richtig hoch her bei Rattens draußen. Ein einziges Gekeife und Gekratsche ist es, vielleicht weil der Ratterich sich wieder im Grünstreifen auf der Seestraße vor dem *Why not* herumgetrieben und zuviel vom Erbrochenen der Besucher dieser *Erlebniskneipe* genascht hat und dementsprechend betrunken nach Hause kam, während die Rattenolle sich allein mit den fünf quiekenden Rattelchen herumschlagen musste. Offenbar bekamen die Ratten, verwöhnt durch jahrelange Ignoranz vonseiten des Hausbesitzers und die reichliche Zufütterung über die Straße, ein Überbevölkerungsproblem. Immer häufiger hörten wir nachts ihre lautstarken Auseinandersetzungen, eine Hausbewohnerin beschwerte sich gar, sie könne nicht mehr ruhig schlafen, weil die Ratten vor ihrem Fenster randalierten, und auch ich wurde nachdenklich, als Besuch aus der westfälischen Heimat zu Gast war, wir die Nacht durchzecht hatten und im Morgengrauen durch die Terrassentür auf unseren Hinterhofgarten schauten. »Sag mal, so viel haben wir doch gar nicht getrunken«, merkte der Besuch an, »es kommt mir aber so vor, als sähe ich alles doppelt – mindestens.« Und auch mir schien die Zahl von vierzehn Ratten, die über den Hof wuselten, etwas überhöht. Wir öffneten die Tür, klatschten ein paar Mal in die Hände, um die Ratten zu verscheuchen, doch die guckten nur kurz etwas irritiert auf und ließen sich ansonsten nicht beirren beim Herumratteln. Seitdem hatte ich ein ungutes Gefühl dabei, die Fenster auf Kipp stehen zu lassen. Und der Besuch berichtet noch heute in Münster stolz von seinen Berlin-Erlebnissen. Reichstag, Jüdisches Museum, Potsdamer Platz – alles ganz interessant. Aber die Ratten! So was habt ihr noch nicht gesehen, das müsst ihr euch angucken.

Als sie schließlich, vermutlich durch den Populationsdruck gezwungen, sogar am helllichten Tag völlig unbeeindruckt durch den Hof tingelten, und wir schon morgens beim Frühstück direkt auf die Ratten guckten, die vor dem Fenster herumturnten, was auf Dauer durchaus zu sozialen Repressionen einer unverständigen Umwelt führt, wurde es mir wirklich lästig. Schließlich rang sich der Hausbesitzer, ein Freiherr aus dem Badischen, doch dazu durch, etwas zu unternehmen. Ein unauffälliger Herr in Mausgrau erschien, er hatte selbst etwas Nagetierhaftes in seinen Bewegungen, er huschte durch den Hof und die Keller, verklebte rote Warnzettel, und schon eine Woche später war es vorbei mit den Ratten. Eine sahen wir noch, sichtlich angeschlagen, durch den Hof torkeln, wo sie dann, ganz passend, in der Ecke der Biomülltonne zusammenbrach, ansonsten fehlte jede Spur von ihnen. Wir mochten uns gar nicht ausmalen, was aus all den Ratten so geworden ist, bzw. zu was all die Ratten so geworden sind. Damit, so dachte ich, ist das Rattenkapitel endgültig abgeschlossen. Doch es kam anders.

Nach einiger Zeit tauchten sie wieder auf, doch in Maßen, und das, wie bereits ausgeführt, stört mich ja nicht weiter. Anfangs hegte ich den Verdacht, dass das nur der Auftakt zu einer erneuten rättischen Überbevölkerung sein könnte, doch irgendwie schienen sich die roten Zettel und die Nager nun die Waage zu halten.

Vielleicht war es ein Fehler, dass ich meinen Keller so lange ignoriert habe. Andererseits bin ich der Auffassung, dass Keller, gerade klassische Altbaukeller, in denen man nicht aufrecht gehen kann und in denen es nicht gut riecht, irgendwie auch alleine klar kommen müssen. Da sich in unserem Keller nur ausgelagerter Krempel befindet, im Prinzip also das gleiche, wie in meiner Wohnung auch, habe ich einfach selten dort zu tun. In Vorbereitung auf ein Fest nun aber befand ich, dass mal wieder eine Krempelverlagerung anstand. Damit mehr Gäste in die Wohnung hineinpassen sollten, musste mehr Krempel in den Keller. Freund Nils Heinrich half mir beim Entkrempeln, und so krochen wir also in die Katakomben hinein und schleppten uns gebückt durch die Gänge. »Wo ist denn dein Keller?«, fragte Nils, der vor mir ging, und ich witzelte, er müsse nur dem Geruch folgen. Als wir schließlich mit den Kisten bepackt vor der Tür des Kellerraumes standen, sahen wir uns etwas beunruhigt an, da sich mein Hinweis keineswegs als Scherz, sondern als nicht zu leugnende Tatsache erwies. Dunkel erinnerte ich mich an ein Unwetter im letzten Sommer mit einem echten Starkregenereignis, wie das jetzt neuerdings immer heißt. Ob man da doch mal hätte gucken sollen?

»Züchtest du da drin irgendwelche Modermolche?«, witzelte Nils, aber das Grinsen verging ihm, als ich die Tür aufstieß und uns eine Wolke bestialischen Gestanks die Luft nahm, scharf und faulig zugleich. Außerdem hörten wir sofort, dass wir nicht allein waren. Vorsichtig lauschten wir in das Schwarz des Raumes hinein. Eindeutig: Getrappel, Geraschel und auch ein leicht erschrecktes Gequieke. Ich nahm allen Mut zusammen, tastete mit der Hand nach dem Lichtschalter und drückte beherzt zu. Erst ein leichtes Aufglühen der Neonlampen, dann ein Flackern. Im stroboskopartigen Licht meinten wir, herumhuschende Schatten zu erkennen, dann wurde es hell, und wir konnten sehen, aber was wir sahen, war nicht gut. Der Boden war nass, sofern er überhaupt zu erkennen war, denn die Ratten hatten ihn flächendeckend mit ihren Hinterlassenschaften gepflastert, Hinterlassenschaften, für die das Wort »Köddel« eindeutig zu niedlich, zu verharmlosend ist, versetzt mit allerlei Papier- und Schaumstofffetzen, die sie offenbar aus den Kisten gewonnen hatten, jenen Kisten, die ich einstmals in den Keller stellte, von denen jetzt aber nur noch vermoderte, zerfetzte und zernagte Rudimente zu erkennen waren, Kisten-Moorleichen, die ihren Inhalt längst zu Teilen in den Keller entleert hatten, vielleicht war er auch einfach aus ihnen herausgewachsen, denn von all den Büchern, Teppichen und Textilien waren ebenfalls nur noch Reste zu erkennen.

Ein Jahr ist eine lange Zeit, kam es mir in den Sinn,

neues Leben kann entstehen, altes enden, und ein zuvor relativ normaler Keller kann eine Komplett-Transmutation vollbringen, und nun war er der Mutantenkeller, das erste Berliner Moor, letztlich ja nur eine Rückführung, schließlich wurden Teile von Berlin ja auf Sumpfflächen errichtet, und jetzt holt der Sumpf sich eben sein Land zurück. Wir standen immer noch in der Tür, jetzt wagte ich einen Schritt hinein. Eine Ratte huschte aus einem Haufen und verschwand weiter hinten in einen anderen. Wir lugten vorsichtig in eine der Zombiekisten und erkannten in ihrem dunklen Inneren einen toten, befellten Körper, dahinter gleich noch einen. Wir mochten gar nicht näher hinsehen, die Sache war auch so klar. Der Geruch und die zahlreichen durch den Raum surrenden Fliegen ließen keinen anderen Schluss zu – wir hatten den sagenumwobenen, mythenumsponnenen, den geheimnisvollen Friedhof der Ratten entdeckt. Mein Keller also. Hierher kommen dann wohl all die Ratten, die die roten Warnschilder nicht beachtet haben, hier finden sie ihre letzte Ruhe – und gleichzeitig nimmt hier das Leben der Fliegen seinen Anfang.

Mir wurde schlecht. Die tote Ratte in der Kiste schien mir ungewöhnlich groß, vielleicht war es der Rattenpharao gewesen und wir hatten seine Gruft geschändet, hoffentlich befiel uns kein Fluch. Es raschelte etwas lauter hinten aus einer Ecke. »Komm, nichts wie raus hier«, flüsterte Nils, unsere Lähmung fiel von uns ab, mit zwei, drei großen Schritten verließen wir den Friedhof der Ratten, warfen die Tür zu, ich drehte den Schlüssel zweimal herum. Eilig liefen wir gebückt durch die Gänge, nach draußen, dem Licht zu, wir mussten raus aus dieser Gruft, die Kellertreppe, der Hof – geschafft.

Ich weiß noch nicht, wie ich mit dieser Entdeckung umgehen soll. Sie zu Geld machen? Vielleicht könnte ich mit Torfabbau im Kellermoor Geld verdienen oder, noch naheliegender, mit Rattenscheiße. Berliner Rattenguano. Oder ich vermiete den Keller für so alternative Berlin-

Touren, statt Pub Crawling mal Keller Crawling, lernen Sie den Berliner Untergrund kennen – ich weiß es nicht. Vielleicht lasse ich es auch einfach, wie es ist. Der geheime Friedhof der Ratten. Und ich bin sein Wächter. Vielleicht werden sie mich eines Tages anbeten, und dann werde ich der nächste Rattenpharao. Und nach dem nächsten Krieg oder der Klimakatastrophe, wenn die Ratten ohnehin die Regimentschaft übernehmen, werden sie es mir danken und mich verehren. Ich werde Rattus Rex I. sein, der unangefochtene Herrscher über ein flinkes graues Volk.

Aber jetzt muss ich erst mal duschen.

Aushilfshausmeister

(für Helmut Höge)

ES KLINGELT. VOR DER TÜR stehen zwei migrationshintergründische Jungmänner in der migrationshintergründischen Jungmänneruniform: weißes Baseballkäppi, hautenges weißes Allah-weiß-was-für'n-Shirt, Schlabberhosen, Migrationshintergrundturnschuhe, dazu die obligatorischen Goldkettchen sowie eine ausladende Gürtelschnalle. Und diese Bräune – die können mir ja erzählen, was sie wollen, die gehen doch alle ins Sonnenstudio. So ist das bei unseren Nachbarn. Die müssen so herumlaufen. Sonst gibt's Ärger zu Hause. Da haben's die Mädels leichter, die können sich einfach verschleiern, und gut is.

Ich bin überrascht über den Besuch, denn seit meine ehemalige Mitbewohnerin ihren Migrationshintergrund von Iran/Türkei nach Deutschland verschoben hat – Achtung, das war jetzt eine sprachlich ziemlich vertrackte Konstruktion: Also, der Hintergrund hat sich verschoben, sie ist jetzt keine Deutsche mehr mit iranisch-türkischem Migrationshintergrund, sondern Schweizerin mit deutschem Migrationshintergrund, womit sie sich gesellschaftlich betrachtet auf einer Sozio-Isobare bewegt hat, auf einer Linie gleichen gesellschaftlichen Drucks also, oder, wem das jetzt alles zu hoch war: Die Deutschen sind ja die Türken der Schweiz. So.

Jetzt aber weiter in der Geschichte: Seit Elmira also weg ist, klingelt der islamische Kulturkreis nur noch selten bei mir an, zumal unser Hinterhaus vermutlich das

Einzige im Wedding ist, in dem nur gewöhnliche Deutsche wohnen – na gut, jetzt seit Neuestem auch zwei Thüringer, aber die wollen wir mal mit durchgehen lassen. Dabei war es, als ich damals einzog, noch ein komplett türkisch-arabisch bewohntes Haus. Aber dann kam es wie so oft: Einwanderer zogen zu (aus Münster und Hamburg und Karlsruhe), sie sprachen ihre eigene Sprache, sie aßen ihre eigenen Speisen, die die Alteingesessenen mit Skepsis betrachteten (Käpt'n Iglo und Pizza Max), sie hörten laut ihre fremde Musik (Tocotronic, Danny Dziuk und Manfred Maurenbrecher), kurzum: Sie wollten sich einfach nicht anpassen, und dann zogen sie weitere Zuwanderer aus ihrem Kulturkreis an, jedenfalls war irgendwann nur noch der alte Ayran übrig, allein und fremd im eigenen Haus, und dann ist er gestorben. Ein weiteres Beispiel misslungener Integration.

Vor meiner Tür stehen also zwei migrationshintergründische Jungmänner. »Bist du der Hausmeister?«, fragen sie mich. Verblüfft schaue ich sie an. Auf die Idee ist bislang noch keiner gekommen. Wieso? Sehe ich so aus?

»Bist du der Hausmeister?«, setzt der Migrationshintergründler nach, und ich antworte schlagfertig:

»Äh, nein.«

»Aha.«

»Ja.«

Er schaut mich misstrauisch an. Er glaubt mir nicht. »Wir wollen Wohnung hier mieten. Gibt's Wohnung ohne Schufa?«

»Was?«

»Wohnung ohne Schufa!«

»Wie – Schufa?«

Die beiden blicken sich entnervt an: »Mann ey, die Schufa Holding AG, die Schutzgemeinschaft für allgemeine Kreditsicherung, gut, die hießen früher mal Schutzgemeinschaft für Absatzfinanzierung, da hat das mit der Abkürzung auch noch Sinn ergeben, Schufa, ey Mann, aber die heißen jetzt schon seit 2000 Schutzgemeinschaft für allgemeine Kreditsicherung, die wirste ja wohl kennen!«

»Ah. Ach so, die Schufa.«

»Ja. Also?«

»Also was?«

»Gibt's hier Wohnungen ohne Schufa?«

Ich weiß beim besten Willen nicht, was er von mir will. Er wird ungeduldig.

»Mensch, weißt du, ich hatte da so kleines Kreditproblem, weißt du, und da dachte ich, hier in der Gegend, da gibt's doch bestimmt Wohnungen ohne Schufa.«

Ich starre ihn verwirrt an. Dass Vermieter die Schufa-Auszüge zu sehen wünschen, ist mir tatsächlich noch nicht untergekommen. Aber ich bin ja auch noch nie aus dem Wedding rausgezogen. Trotzdem wird mir allmählich klar, worum es eigentlich geht:

»Sie suchen also eine neue Wohnung, die man mieten kann, ohne dass man seinen Schufa-Auszug zeigen muss?«

»Ja, Mann, biste doch der Hausmeister, oder was?«

»Nein. Aber haben Sie denn einen Termin?«

»Einen Termin? Was denn für einen Termin?«

»Ja, einen Termin. Mit dem Hausmeister, zum Beispiel.«

»Nein, Mann. Ich suche doch nur 'ne neue Wohnung, und da dachte ich, guck mal hier im Wedding, da gibt's bestimmt Häuser, die so aussehen, das ist bestimmt ohne Schufa.«

Aha. Wohnungssuche in Zeiten des allgemeinen Leerstandes. Wenn man eine neue Wohnung sucht, geht man einfach durch die Straßen, guckt nach einem Haus, wo es einem gefällt, klopft da an und fragt nach einer Wohnung. Hatte ich neulich noch in einem Text als Witz eingebaut. Und schon ist es Wirklichkeit. In Berlin vermutlich längst Alltag. Oh, diese Lesebühnen mit ihren elenden Alltagsgeschichten. Aber was kann ich denn dafür, wenn der Alltag immer irrer wird?

»Und? Gibt's hier Wohnungen ohne Schufa?«

»Keine Ahnung.«

Er deutet auf die Wände im Treppenhaus: »So wie's hier aussieht! Bestimmt keine Schufa!«

Ich folge verwirrt seinem Fingerzeig. Was hat er denn? Okay, die Farbe ist an einigen Stellen ein bisschen gesprungen, und hier und da sind ein paar Krakeleien an der Wand ...

»Ey, so scheiße, wie's hier aussieht, is garantiert ohne Schufa! Ich kann das richtig schön machen. Malern, Tapezieren, alles kein Problem, weißt du!«

»Ach?« Ich beginne, mich für den Herrn zu interessieren. Davon träume ich ja lange schon, ein Nachbar, der richtig was kann. Bloß nicht noch so ein Schreiberling oder Künstler oder Forscher.

»Oder ist Hausmeister hier auch so 'ne Schlampe, mit ganzen Tag Bier trinken und so?«, fragt er mich jetzt etwas unvermittelt. Hat er mich deswegen für den Hausmeister gehalten? So allmählich reicht es mir. Ich bekräftige noch mal, dass ich nicht weiß, ob es in diesem Haus Wohnungen ohne Schufa gibt, dass ich nicht der Hausmeister bin und der Hausmeister hier nicht wohnt und zudem ein anti-alkoholischer Hindu oder so was ist, und drücke ihm schließlich die Telefonnummer der Hausverwaltung in die Hand, soll er doch die fragen, ob es hier Schufa-freie Wohnungen gibt.

Die beiden bedanken sich artig, gucken sich im Gehen noch etwas im Flur um und murmeln vor sich hin: »Ey, so scheiße, wie's hier aussieht, is garantiert ohne Schufa!«

Ich schaue ihnen noch etwas verdattert hinterher, und bevor ich zurück in die Wohnung gehe, hebe ich noch so ein Werbekärtchen von einem dieser Renovierdienste auf, das wohl aus einem Briefkasten gefallen war.

Vielleicht sollte man ja doch mal ein bisschen was machen. Wie es hier aussieht!

Neues aus dem Hinterhof

EIN WEITERER VORTEIL, WENN MAN Parterre wohnt, zeigt sich im Sommer. Erstens bleibt es immer schön kühl, und zweitens kann man eben deshalb bedenkenlos die Fenster geschlossen halten, wenn es draußen mal wieder zu einem musikalischen Clash of Cultures kommt. Die beiden vorherrschenden Stile meines Blocks – deutscher Schlager vs. arabische Halbtonorgien – sind einfach nicht so recht kompatibel. Wenn die Dachgeschossbewohner aber ihre Thermopenfenster schließen, schmelzen ihnen die Designerchromstühle unterm Hintern weg. Deshalb sind sie den Musikterroristen hilflos ausgeliefert. Das ist besonders hart, weil in unserem Hinterhof auch ein Matthias-Reim-Fan wohnt. Entweder hat der nur eine CD, oder auf allen ist immer dieses eine Lied mit drauf, jedenfalls dreht dieser Mensch immer genau dann seine Anlage voll auf, sobald es wieder heißt: *Verdammt, ich lieb dich – ich lieb dich nicht / verdammt ich brauch dich – ich brauch dich nicht.*

Schlimm. Noch schlimmer, dass er jüngst die Repeat-Taste für sich entdeckt hat – und damit für uns alle gleich mit. Dann hört man, wie überall in den umliegenden Wohnungen die Menschen hektisch an ihre Fenster stürzen. Ein vielfaches Zuschlagen hallt durch den Hof. Nur vom Dachgeschoss weht in den drei Sekunden Stille, bevor das Lied wieder von vorne losgeht, ein leises Schluchzen zu uns nach unten. Gerd wohnt dort und hat mich im Sommer auf einen Kaffee eingeladen. Wir saßen auf dem Balkon, da ging es wieder los. *Verdammt ich will dich – ich will dich nicht.* Gerd rang um Fassung. Ich fluchte. Das Schlimme ist ja, Fenster schließen hin oder her, dass dieses Zeug sich schon beim ersten Hören ins Gehirn frisst und dort einfach nicht mehr totzukriegen ist. »Nein«, widersprach Gerd, »das wirklich Schlimme ist, dass man irgendwann den ganzen Text auswendig mitsprechen und nie wieder vergessen kann.« Tränen stiegen ihm in die Augen. »Gleich kommt es wieder!« Und tatsächlich: *Gegenüber steht ein Telefon / Es lacht mich ständig an voll Hohn.* Gerd sackte wimmernd auf den Boden. *Sieben Bier, zuviel geraucht / Das ist es, was ein Mann so braucht... Verdammt, ich lieb dich...* »So geht das jeden Tag!«, heulte er auf. Das wütende Gebrüll aus diversen Wohnungen kann der Freundschaftsbändchenträger bei der Lautstärke eh nicht hören. Dafür startete aber jetzt der Gegenangriff arabischerseits. Etwas, das klang wie ein sehr zorniger Muezzin, quäkte mit voller Dezibelwucht dagegen, Gerd röchelte.

Wer hat eigentlich die Phrase von der »Anonymität der Großstadt« geprägt? So ein Hinterhof ist doch letztlich auch nur ein kleines Dorf. Unserer ist T-förmig. Ich schätze überschlägig, dass bei neun beteiligten Gebäudeteilen á fünf Stockwerken mit je drei Wohnungen 135 Einheiten angrenzen. Selbst wenn man davon ausgeht, dass ein Viertel davon leersteht, da Wedding, bleiben trotzdem noch etwa hundert Wohnungen übrig. Die sind im Schnitt, angesichts der Populationsdichte, die unsere arabischen Nachbarn bevorzugen, sicherlich mit je vier Menschen bewohnt – vierhundert Leute also, da bekäme mancher friesische Dorfbewohner schon Bedrängungsgefühle.

Abends, wenn der Matthias-Reim-Fanatiker Ruhe gegeben hat, sitze ich oft mit Gerd auf unserer kleinen Hinterhofterrasse. Wir haben es uns eingerichtet. Neben uns liegt eine Heugabel, um die Ratten davon abzuhalten, die Chips zu klauen, und über uns haben wir einen großen, stabilen Sonnenschirm aufgespannt. Seitdem können wir endlich in Ruhe draußen sitzen. Wenn jetzt mal wieder ein mangelhaft festgebundenes Orangenbäumchen vom Balkon im dritten Stock fällt, kann uns nichts passieren. Dumm ist nur, dass irgendein Idiot weiter oben sein Bett direkt am Fenster aufgestellt und seit Neuem wieder eine Freundin hat. Aber wenn man gelegentlich die Kondome vom Schirm sammelt, dann kann es schon richtig heimelig sein im Innenhof.

So saßen Gerd und ich wieder in einer lauen Sommernacht draußen. Mit fortschreitender Stunde und zunehmender Alkoholisierung lappte das Gespräch ins Vertrauliche. Er berichtete mir von seiner Angebeteten, die einfach nicht richtig anbeißen wollte. Seit Wochen schon träfen sie sich ständig, würden sich die Nächte gemeinsam in Kneipen um die Ohren schlagen oder nachts auf Parkbänken sitzen und sich wunderbar unterhalten, aber irgendwie würde einfach nichts passieren. Keine Berührung, keine Andeutung, nichts. Frustriert schlich er jedes Mal im Morgengrauen zurück.

»Tja, das ist natürlich schwierig«, gab ich zu, »ich glaub', ich würd' es ihr einfach sagen. Sag ihr, dass du sie liebst!«

»Meinst du wirklich?«, fragte er unsicher, »ist das nicht ein bisschen peinlich?«

»Oh nee, das ist sogar völlig uncool!«, kam es überraschend aus dem zweiten Stock von gegenüber, »nimm sie einfach beim nächsten Mal, wenn ihr draußen irgendwo steht, in den Arm und küsse sie leidenschaftlich!«

Wir sahen verwundert auf.

»Ja, ich glaube auch, dass das Beste wäre«, schaltete sich der Seitenflügel ein, »die Liebe beichten, also nee!« Tja, dass der Hof etwas hellhörig ist, wussten wir ja schon. Aber nun gut, da muss man eben das Beste draus machen.

»Ist das nicht ein bisschen aufdringlich, einfach so küssen?«, fragte Gerd daher.

»Ach wo!«, hallte eine Frauenstimme von oben und

seufzte hinterher: »Ich wünschte, mir würde das auch endlich mal wieder passieren!«

»Okay, okay, dann wollen wir doch mal sehen«, rief ich laut, »wer dafür ist, dass er sie einfach küssen soll, macht mal bitte das Licht in seiner Wohnung an!«

Zweidrittel der Häuserwände erstrahlten in gleißend hellem Schein.

»Gegenprobe!«, verlangte Gerd, und ein paar andere Lichter gingen an. Ich hatte eine klare Abstimmungsniederlage erlitten. Von schräg oben grölte es:

»Kaloppke, alter Schwerenöter, was sagst denn du dazu?«

»Hä? Äh ... 'tschuldigung«, hustete es aus einer dunkel gebliebenen Wohnung, »ich war kurz mal eben weggedöst. Kann ja mal passieren, ist ja auch schon spät, wa?«

»Okay, morgen bin ich mit ihr verabredet, dann werde ich es einfach mal versuchen!«, rief Gerd, und ein langer kollektiver Seufzer der Rührung drang aus etwa hundert Wohnungen.

»Na dann, viel Glück morgen«, rief jemand, »und gute Nacht!«

»Ja, gute Nacht.«

»Nacht.«

»Schlaft schön!«, echote es aus den anderen Wohnungen, und vereinzelt hörte man, wie Fenster geschlossen wurden. Wir gingen rein.

Am nächsten Morgen wachte ich mit dröhnendem Kopf auf. *Verdammt! Verdammt!,* ging es mir durch den Kopf. Ich brauchte eine Weile, um zu begreifen, dass das gar nicht der Kater war. *Verdammt ich lieb dich ...* Ich hatte das Fenster aufgelassen. Ich schmiss es geräuschvoll zu, schleppte mich anschließend noch zur Tür, von der es wild klopfte, ließ Gerd rein, der sich noch kurz auf die Couch legen wollte, bevor er dann richtig aufstehen müsse, und dann legte ich mich wieder hin. Manchmal würde man sich doch ein bisschen mehr Anonymität in der Großstadt wünschen. Aber die Welt ist halt ein Dorf.

An der Tür

ES KLINGELT. ÜBERRASCHEND steht gar kein DSL-Heini oder UPS-Troll vor der Tür, sondern ein junges Paar Anfang zwanzig, das mich freundlich anstrahlt und verkündet: »Guten Tag! Wir sind deine neuen Nachbarn und dachten, wir stellen uns mal kurz vor!« Fassungslos starre ich sie an. Oha, denke ich mir, die müssen aber noch ganz schön was dazu lernen, wenn die wirklich hier wohnen wollen. Haben die denn gar kein Feingefühl für die Bräuche der Einheimischen? Ich erwäge kurz, ortsüblich zu reagieren, also die Tür vor der Nase zuzuschlagen und vielleicht noch ein herzliches »Fickt euch ins Knie« hinterherzurufen, aber na ja, andererseits soll man fremden Kulturen gegenüber ja auch etwas Milde walten lassen und ihnen etwas Zeit geben, sich einzufinden, also entschließe ich mich zu einer moderat entgegenkommenden Reaktion und sage: »Tach.«

Der Typ schaut mich ein wenig ratlos an, offenbar entsprach mein durchaus freundlicher Gruß nicht ganz seiner Erwartungshaltung, aber er setzt unverdrossen nach: »Ich bin der Julian, und das ist die Birthe. Wir sind gerade aus Karlsruhe hierher gezogen, um hier zu studieren.« Erwartungsvoll blicken sie mich an. Jetzt nur keinen Fehler machen. Ich habe mir in langen Jahren einen guten Ruf hier im Haus aufgebaut, den ich ganz sicher nicht durch eine unbedachte Freundlichkeit gefährden werde. Andererseits habe ich auch ein wenig Mitleid, sie sind noch so jung, so hoffnungsfroh, irgendwie anrührend. Also gilt es, eine feinsinnige diplomatische Sprachregelung zu finden, die einerseits der hiesigen Leitkultur nicht völlig zuwiderläuft, andererseits aber diese jungen hilflosen Geschöpfe nicht komplett vor den Kopf stößt und an der Welt verzweifeln lässt, kurzum, höchstes Fingerspitzengefühl ist gefragt, aber zum Glück ist das ganz mein Metier, nicht umsonst nennen sie mich den Kofi Annan der Seestraße. Wohlüberlegt und in genau austariertem Tonfall antworte ich also: »Aha.«

Seltsam, sie scheinen die Zeichen nicht richtig deuten zu können, sie wirken jetzt doch ein wenig verstört, vermutlich dachten sie, ich würde jetzt auch meinen Namen sagen, aber ich finde, bei der ersten Begegnung sollte man nicht immer gleich schon intim werden, deshalb lasse ich die Tür auch weiterhin nur einen Spalt breit geöffnet, und immerhin, jetzt scheinen sie zu verstehen: »Äh, ah ja, nun, wir müssen weiter, wir wollen auch noch bei den anderen Nachbarn vorbei.« Jetzt entschließe ich mich doch noch zu einer wohlmeinenden, freundlichen Geste und hauche durch den Türspalt: »Viel Glück!«

Verwirrt stapfen sie ein Stockwerk höher. Da werden sie es wohl als Nächstes bei Kaloppke versuchen. Na, den Moment kann ich jetzt auch noch abwarten. Interessiert lausche ich nach oben. Alles verläuft erwartungsgemäß: Kaloppkes Schlurfen über mir, Klinkengeräusche, leises Gemurmel, lautes »Hä?«, sehr lautes Türenschlagen, zögerliche Schritte weiter nach oben. Als Nächstes müssten sie bei Robert Rescue klingeln – na ja, der wird sich sicherlich nicht mal zur Tür aufraffen. Na also, da haben sie doch für den ersten Tag richtig was gelernt, das ist doch ein schöner Erfolg für den Anfang.

III.

Funkigkeit interessiert mich nicht

Schneechaos

WESTFALEN GELTEN JA GEMEINHIN als – sagen wir – etwas wenig lebhaft. Manche sagen es härter und benutzen gar das Wort »stoisch«. Aber das ist ja auch kaum verwunderlich. Die Kühe wollen eben an jedem Morgen gemolken werden, ganz gleich ob die Sonne vom Himmel lacht oder die Krume oberschenkeldick durchgefroren ist. Hilft ja nichts.

Diese ländliche Gelassenheit findet man auch andernorts. Aber wo das Wetter so atlantisch ist, dass man ganzjährig ausgedehntem Nieselregen ausgesetzt ist, der ganz langsam in die Kleidung kriecht und sich Textilschicht für Textilschicht im Zeitlupentempo, aber unaufhaltsam, durcharbeitet, wird man eben ergeben. Denn man kann nichts dagegen tun, kein Regenmantel und erst recht nicht diese lächerlichen Fahrradplastikumhänge können einem helfen, denn der Niesel ist überall, er fällt nicht wie Regen einfach vom Himmel, er schwebt über der Nabe, er steigt aus den Feldern, er steht zwischen den Hecken, er ist allumfassend. Neben diesen klimatischen Eigenheiten kommen noch geographische hinzu. Das Rheinland zum Beispiel ist ganz in der Nähe. Und wer

Rheinländer zum Nachbarn hat, der wird ganz von selbst schweigsam und abweisend.

Fremde verwechseln diesen Wesenszug häufig mit mangelnder Herzlichkeit. Das aber trifft nicht zu. Man zeigt es nur nicht so gern, wenn man sich freut. Ausdruck findet es aber doch. So dürfte es keinen westfälischen Haushalt, der auf sich hält, geben, der nicht eine Flasche Korn im Eisfach hat. Und wenn mal jemand vorbeikommt, egal ob Handwerker, Postbote oder der Nachbar vom Hof nebenan, ist es unabänderliches Ritual, dass man sich kurz an den Küchentisch setzt, zwei Schnapsgläser vor sich aufstellt und sagt. »Dann man Prost.« Das Getränk wird hinuntergestürzt, man guckt noch ein wenig zufrieden vor sich hin und geht dann weiter seinem Tagesgeschäft nach. Ich habe mich schon immer gewundert, wie es die Postboten schaffen, nicht allesamt zu Alkoholikern zu werden. Wahrscheinlich ist die Lösung des Rätsels ganz einfach: Sie schaffen es gar nicht.

Sicherlich kann einem der Wesenszug dieser Gegend auch gehörig auf die Nerven fallen. Wenn man von dort kommt und in Berlin lebt, ist ein Heimatbesuch immer ein bisschen so, als wäre das Leben plötzlich eine alte Vinyl-Single, die man wie eine LP mit 33 Umdrehungen abspielt. Aber wer die Faxen dicke hat, schon morgens beim Bäcker mit der berüchtigten Berliner Schnauze konfrontiert zu werden, der kann sich im Münsterland erholen. Wenn hier jemand wirklich schlagfertig ist, dann ruft er einen am Tag nach der Begegnung an, um seine geistvolle Replik mitzuteilen. Ich mag das. Und es ist ein angenehmer Kontrast zu der Hektik und Aufgeregtheit der Welt der Medien und Media-Märkte. In Berlin hält man es ja offensichtlich für werbeträchtig, auf Plakatwänden mit Frühstücksradiomoderatoren zu drohen, die so aussehen, als hätten sie sich in der Nacht mindestens zwei Lines Koks zu viel durch die Nase gezogen, und deren blanker Anblick einem schon Kopfschmerzen bereitet. Wenn ich früh aufstehen muss, dann sind solche

Gestalten nun wirklich das Allerletzte, was ich morgens sehen oder hören will. Diesen Gutelauneterroristen wünsche ich von ganzem Herzen ein einjähriges Straflager z.B. in Ochtrup. Danach, da bin ich sicher, würden sie ein für allemal Ruhe geben.

Überhaupt Ochtrup. Wer dieses Örtchen kennt, der hatte schon von Anfang an viel Spaß bei der Berichterstattung angesichts des »Schneechaos« im Münsterland am ersten Advent 2005. Schon das Wort »Schneechaos« – früher hieß das mal Winter. Nun ist ein Wintereinbruch im Westfälischen tatsächlich durchaus überraschend. Normalerweise gibt es hier halt nur Nieselregen. Fünfzig Zentimeter Neuschnee in einer Nacht hat nicht nur die Einwohner verblüfft, sondern auch die RWE, deren Strommasten gleich reihenweise umgefallen sind. Nun ist das Fernsehen in Sachen Naturkatastrophen gut in Übung. Tsunamis, Erdbeben, Hurrikans – und jetzt also: Schneechaos im Münsterland. Die ganze Medienroutine steht im Nullkommanix. Sondersendungen, Liveschaltungen, Expertengespräche, die *B.Z.* fragt: »Kann das nicht auch bei uns in Berlin passieren?«, die ganze Chose halt. Womit die Programmdirektoren und Frontberichterstatter jedoch ganz offensichtlich nicht gerechnet haben, das waren die Westfalen. »Der größte Stromausfall in der Geschichte der Bundesrepublik«, verkündet die Nachrichtensprecherin aufgeregt, »200.000 Menschen ohne Strom. Und wir schalten jetzt ins Zentrum des Krisengebietes, wir schalten zu unserem Reporter Arno Fenske direkt vor dem Rathaus von Ochtrup.« Für den Ortskundigen ist dies der erste große Lacher des Abends. Die Begriffe »Krisengebiet« und »Rathaus von Ochtrup« passen einfach nicht zusammen. In Ochtrup könnte passieren, was wollte, ein Krisengebiet würde das doch nicht werden.

Jetzt steht also Arno Fenske vor dem Rathaus von Ochtrup. Das Rathaus ist ein kleiner, schmuckloser Bau, der gleichzeitig als Gemeindezentrum und Mehrzwecksaal dient. Dreimal im Jahr veranstaltet das Kulturamt hier einen Kabarettabend, hin und wieder wird eine Dia-Show gezeigt: »Mit dem Fahrrad durch die Anden« oder »30.000 km durch Australien«. Ansonsten trifft man sich zum Basteln von Adventsgestecken oder zum Italienischkurs. Und nun stehen Dutzende von Kamerateams vor dem Rathaus von Ochtrup, und die Reporter gucken sich etwas ratlos um, vor welcher Kulisse sie sich filmen lassen sollen, denn die Glasfront des dank Notstromaggregats hell erleuchteten Gemeindesaals, auf dessen Tischen man die Adventsgestecke sieht, wirkt alles andere als dramatisch. Arno Fenske konnte sich durchboxen, er hat einen der raren Plätze vor dem Ochtruper Feuerwehrauto ergattert, immerhin. Anne Kapilski von *SAT.1* passte da nicht mehr hin. Sie muss vor einem verschneiten Baum sprechen, der Ochtruper Gemeindeweihnachtsbaum, dessen elektrische Kerzen nicht mehr brennen. Ist das schon Krise?

»Tausende stehen verängstigt und ratlos in ihren dunklen Häusern und wissen nicht, wie sie über diese Nacht kommen sollen«, treibt Anne Kapilski den Adrenalinspiegel in die Höhe, »wir haben uns mal bei den Menschen umgesehen, die diesen ersten Advent 2005 ganz sicher nie wieder vergessen werden!« Nun darf man getrost davon ausgehen, dass *SAT.1* sich die spektakulärsten Bilder zurecht geschnitten hat, und die sehen so aus: Familie Hoffschulte sitzt bei Kerzenschein an einem Tisch, Vatter heizt den Kamin an und sagt mit sorgenvoller Stimme: »Jau, ist ein bisschen kalt heute.« Sohn Jan-Christoph klagt in die Kamera: »Meine Playstation geht nicht mehr!« »Viele Menschen können nicht einmal mehr kochen«, setzt Frau Kapilski ihren erschütternden Bericht fort, wir sehen die Schulte-Westhoffs bei Kerzenschein am Küchentisch, Muttern schneidet gerade vom Kernschinken ab und ruft klagend in die Kamera: »Tja, mit der Schneidemaschine geht das natürlich schneller.« Nur Oppa tuschelt ungerührt: »Endlich mal wieder 'n ordentliches Stück Schinken aufs Brot, nicht dieser Gesundheitsscheiß.«

Tag zwei nach dem Stromausfall. Der Bürgermeister von Ochtrup hat sich vermutlich mit dem Gemeinderat zusammengesetzt und beschlossen, das Rathaus für die Bevölkerung nachts geöffnet zu halten, so kann sich jeder heißes Wasser holen. In der *Tagesschau* klingt das dann so: »Inzwischen wurden hier im Gemeindezentrum Notunterkünfte für die Bevölkerung eingerichtet.« Die Kamera schwenkt über die Stuhlreihen, die Kleinkunstbühne – da! Ganz in der Ecke sitzt die alte Frau Hohmann an einem Tisch. Wird sie die Nacht hier in der Notunterkunft verbringen? Erwarten uns morgen aus dem Westfälischen Bilder wie aus dem Superbowl von New Orleans? »Och, endlich ist mal 'n bisschen was los!«, gibt Frau Hohmann zu Protokoll. Die Reporterin hakt etwas unwirsch nach, ob sie denn nicht um ihr Leben oder wenigstens um ihre Gesundheit fürchte, aber Frau Hohmann hat schon zwei Weltkriege überstanden und genug Kerzen für ein halbes Jahr im Vorratskeller, und die Kamphusens gegenüber, die hätten ja schon wieder Strom und kochten ihr morgen was. Zerknirscht gibt die Reporterin zurück in die Sendezentrale: »Tja, es sieht so aus, als ob die Menschen hier noch die Nerven bewahren. Das liegt aber auch an dieser unglaublichen Hilfsbereitschaft, dieses Nachbarschaftsgefühl im Angesicht des Ausnahmezustands, der die Bürger hier zu einer großen Notgemeinschaft zusammenschweißt«, und während Frau Hohmann die Brauen hochzieht, beendet die Regie die Live-Schaltung lieber, ehe sie noch etwas sagen kann wie: »Wieso? Am Dienstag bin ich da eh immer zum Essen.«

Tag 3. Die Kritik an der mangelhaften Koordination der Hilfseinsätze wird immer lauter, verspricht Steffen Seibert in den *heute*-Nachrichten, und live schaltet er zum Rathaus von Ochtrup, wo die Reporterin mit einer Gruppe gut gelaunter Feuerwehrleute steht, die auf zweifache Nachfrage so etwas sagen wie: Na ja, natürlich bleiben vereinzelte Pannen nicht aus, gestern zum Beispiel hätten sie ein Notstromaggregat zu Bauer Kamphues gefahren, aber der hatte sich schon das vom Nachbarn geliehen, und dann mussten sie es nach Ochtrup zurück bringen. »Das hätte man besser absprechen können«, gibt einer der Feuerwehrmänner selbstkritisch zu Protokoll.

Tag 4. »Die Nerven der Menschen liegen allmählich blank!«, verkündet Anne Will in den *Tagesthemen,* und tatsächlich, der Volkszorn bricht sich bei einer Straßenumfrage ungehemmt Bahn: »Nu is aber auch langsam mal wieder gut«, sagt jemand aus dem tobenden Mob, während andere schon längst resigniert haben: »Tja nun, so isses halt.«

Am fünften Tag hat Ochtrup wieder Strom. Verschwunden sind sie, die Ü-Wagen, die Kamerateams, die Kriegsberichterstatter. Hausmeister Strothmann wischt den Eingangsbereich des Gemeindesaals. »Der ganze Schneematsch, der macht ja doch ganz schön Dreck«, flucht er. Aber es ist wie so oft: Niemand interessiert sich mehr für die Folgen der Katastrophe, damit werden die Menschen völlig allein gelassen, keiner wird je erfahren, wie viele Videorekorder und Zeitschaltuhren neu programmiert werden mussten, wie viele Holzscheite in diesen Nächten in den Ochtruper Kaminen ein Opfer der Flammen wurden, wie viele Jugendliche ihre Perspektive verloren, weil sie den Rückstand von fünf Tagen beim Onlinespiel nicht mehr aufholen konnten.

Frau Hohmann kommt wie jeden Mittag am Gemeindehaus vorbei. »Is ja alles wieder ruhig, ne?«, begrüßt sie den Hausmeister. »Jau«, erwidert der, »wollnsen Korn?« Dann setzen sie sich an einen Tisch im Gemeindesaal und schauen durch die großzügige Fensterfront schweigend und sinnierend in den trüben westfälischen Nieselregen, der dem Schnee längst den Garaus gemacht hat.

Nie zuvor habe ich mich meiner Heimat näher gefühlt als in diesen Tagen, den Tagen des großen Schneechaos im Münsterland.

Fürs Kind aufs Land?

ICH BIN JA NOCH ETWAS UNSCHLÜSSIG, ob ich mal Kinder will. Etwas merkwürdig finde ich aber, dass viele Bekannte, mit denen ich darüber rede, darauf bestehen, dass wir dann aber wohl woanders hinziehen müssten. In einer Parterrewohnung in Berlin-Wedding, so meinen sie, könne man kein Kind großziehen. Allein schon, weil das da so dunkel sei. Meine Freundin versichert aber glaubhaft, sie könne das Kind stillen, es wird also nicht von Photosynthese leben müssen. Aber das Kind brauche doch Grün um sich herum, erklingt das nächste Argument. Ich habe neulich Freunde im Münsterland besucht. Sie haben ihr Baby genommen, es in den Kinderwagen gepackt, und dann haben sie *mich* genötigt, mit ihnen über die Felder zu spazieren, weil angeblich *das Kind* einen Spaziergang brauchte. Dabei durfte *das Kind* die ganze Zeit gemütlich im Kinderwagen liegen, während *ich* laufen musste. Dabei war das Kind nach allen Seiten hin sichtdicht eingeschlossen. Nur wenn es nach ganz schräg oben geguckt hätte, hätte es zwischen Umrandung und Regenschutz einen kleinen Streifen grauen Himmels erspähen können. Na toll. Was soll das? Da kann ich es ebenso gut einfach in unseren Innenhof stellen, da sieht es genauso viel und ist auch an der frischen Luft.

Ja, aber später, wenn das Kind größer sei, könne es dann neben einem herlaufen, und man könne super gemeinsam spazieren gehen, argumentieren die Freunde. Ich kann mich noch gut erinnern, dass ich als Kind nichts furchtbarer fand, als wenn meine Tante meinte, sich mal wieder mit mir beschäftigen zu müssen und mich zwang, mit ihr und meinem Onkel spazieren zu gehen. Ruppig trennten sie mich von meinem Spielzeug, befahlen mir, mich grotesk zu vermummen, und trieben mich nach draußen und vor ihnen her. Dann ging es über Vorortstraßen, und bei jedem Garten murmelten sie etwas wie: »Och, guck mal, die Astern da sehen aber nicht mehr so gut aus, die müssten mal richtig gewässert werden«, oder: »Nee, diese Hecke hier, die ist aber nicht gut gepflegt.« Dann ließen wir die Siedlung hinter uns und gingen über die Weiden. Und jedes Mal wurden mir zwei immer gleiche Ziele als große Sensationen verkauft. Die Kühe! Sieh, Kind, da sind Kühe! Ich hatte zu Hause Löwen, Elefanten und Krokodile, aus Plastik zwar, aber das waren erheblich spannendere Tiere, und mit denen konnte man wenigstens spielen. Die Kühe standen nur blöd rum, wackelten ein bisschen mit dem Schwanz und kauten unentwegt vor sich hin. Ich durfte nicht mal Kaugummi, weil meine Tante sich über nichts mehr aufregen konnte, als wenn ein ausgespuckter Kaugummi auf dem Gehweg klebte.

»Guck mal! Eine Kuh!«, riefen die Erwachsenen begeistert, als stünden die nicht immer hier rum. Dann wurde ich erpresst zu sagen, wie die Kuh macht. Wenn ich ordnungsgemäß »muh« erwiderte, freuten sich alle, und ich bekam zwar immer noch keinen Kaugummi, aber immerhin ein *Nimm-2*-Bonbon, das sich rückstandlos im Mund auflöste, und wir konnten weitergehen. Wenn mir das zu doof wurde und ich aus Trotz »miau« oder »wuff wuff« antwortete, waren Tante und Onkel sehr verärgert, schalten mich der Albernheit, und es gab kein Bonbon. Die Scharte war dann erst bei Sonntagnachmittagsattraktion Nummer zwei wieder auszuwetzen: der Ententümpel. Mit, man fasst es nicht: Enten drauf. Wenn schon, hätte ich viel lieber am Vorfluter geguckt, da gab es nämlich Frösche, aber meine Tante fand, dass das zu sehr stank und ich mich auf der Jagd nach den glipschigen Amphibien nur schmutzig machen würde. Die Gefahr drohte am klinischen Ententümpel natürlich nicht. Die Sensation dort war ausgerechnet ein Schwan. Ich misstraute dem Vieh, weil es größer war als ich, und ich fand, es hatte etwas Falsches im Blick, und überhaupt, dieses demonstrativ weiße Gefieder, da stimmte doch was nicht. Außerdem schnappte er den Enten immer das Fressen weg. Wenn wir dem Federvieh auf dem Wasser altes Brot zuwarfen, das meine Tante stets zu diesem Zweck mit sich führte, dann gab es immer ein großes Geschnatter. Der Schwan schnappte sich, so viel er konnte, und hackte sofort in Richtung der Enten, sobald diese mal ein Stückchen ergatterten. Ich fand das immer furchtbar ungerecht, aber mein Onkel meinte, so sei das nun mal im Leben, der Stärkere setze sich durch, das sollte ich mir ruhig schon mal merken. Dann bewunderten sie den Schwan, weil er so schön sei, dabei war er einfach nur größer und stärker. Der Schwan ist der Skinhead vom Ententeich. Ich hasste ihn. Mein Onkel meinte, ich solle mich nicht so anstellen und dem lieben Schwan mal schön was zu fressen geben. Dann legte er mir etwas Brot auf die flache Hand und schob mich in Richtung Ufer, unter dem Stacheldraht durch. Der Schwan kannte das Ritual, kam gleich ganz aufgeregt angewatschelt und pickte das Brot direkt von meiner Hand, während die Enten traurig zugucken mussten. Dann war meine Tante sehr zufrieden, und ich bekam ein *Nimm 2*. Dass ich – trotz inständiger Bitten – immer nur ein *Nimm 2* bekam, war ein Paradoxon, das mir erst viel später aufgefallen ist. So wird man von früh auf verarscht.

Das war sie also, die Kindheit im Grünen: Kühe und ein Schwan und Vorgärten, in denen sich immer irgendein gärtnerischer Missstand nachweisen ließ.

Ich bin ja noch etwas unschlüssig, ob ich mal Kinder will, aber ich glaube, wir könnten die auch ohne umzuziehen ganz gut großkriegen.

Schneckenplage

EINE DURCHSCHNITTLICHE BIOGRAPHIE im Bürgertum: Auszug bei den Eltern, Wohnung in einer Innenstadt, Studium, wilde Zeit, der Vater spricht von »Hörner abstoßen«, die Mutter warnt, sich »nicht zu früh zu binden«, dann feste Freundin, Zusammenziehen, Heirat, Kinder. Jetzt wird es Zeit für ein Eigenheim. Das muss neu gebaut werden, weil dann die Wärmedämmwerte besser sind, die Fenster isoliert und die Wasserleitungen modern. Ein Neubaugebiet. Nicht besonders schön, aber praktisch, ein *Edeka* mit großem Parkplatz ist ganz in der Nähe, eine Schule auch, und so zieht eine junge Familie nach der anderen auf den ehemaligen Acker, Reihenhaus reiht sich an Doppelhaus, dazwischen viel aufgeworfene Erde, mickrige Heckchen und winzige Bäumchen. In den nächsten zwanzig Jahren wächst alles schön zu, ein richtig nettes Wohngebiet ist entstanden, die Bäume sind stattlich, die Hecken bieten Sichtschutz, und nun ziehen die Kinder eines nach dem anderen in irgendeine Innenstadt. Der Vater stirbt, kurz nachdem das Haus abbezahlt ist, und in den Häusern mit ausgebauten Dachböden und Partykellern leben alte Witwen, die die nächsten zwanzig Jahre ihre Gärten behüten. Eine Art friedliches Großraumaltersheim, könnte man meinen. Doch die grün gedämpfte Stille trügt.

Meistens, wenn ich nach Münster komme, um Mutter zu besuchen, die nun auch inzwischen fünfundsiebzig Jahre alt ist, finde ich sie irgendwo im Garten. »Hallo, Junge, wie schön«, sagt sie, und: »Setz schon mal Kaffee auf, ich muss nur noch kurz das Beet fertigmachen.« Dann fräst sie sich mit der Präzision eines Maulwurfs durch das Erdreich, und im Dreißig-Sekunden-Takt fliegen kleine Büschel unerwünschter pflanzlicher Eindringlinge hinter ihr durch die Luft. Zwei Stunden später, die erste Kanne habe ich schon allein getrunken, kommt sie auf allen Vieren in die Wohnung gekrochen – der Rücken will nicht mehr so –, erschöpft, aber zufrieden zieht sie sich in ihren Sessel und betrachtet aus dem Wohnzimmerfenster ihr Werk.

Nachts, ich liege in meinem alten Jugendzimmer, schrecke ich plötzlich aus dem Schlaf. War da nicht ein Rumpeln im Garten? Die kleinstädtische Idylle bekommt mir nicht, denke ich, da wohne ich fünfzehn Jahre lang ohne die geringsten Bedenken mitten in Berlin, und kaum bin ich mal wieder eine Nacht im ruhigen Westfälischen, fürchte ich mich und werde paranoid. Andererseits: Da ist definitiv etwas. Ich spähe durch die Spalten der schweren Holzjalousie und erstarre. Der Lichtkegel einer Taschenlampe tanzt durch den Garten. Oh Gott, wäre ich doch bloß im Wedding geblieben. Aber jetzt ist es zu spät. Einbrecher. Obwohl: Einbrechen tun die gar nicht. Vielmehr streunen sie durch den Garten. Warum, um Himmels Willen? Sind Heidesträucher und Rhododendronbüsche jetzt auch schon begehrtes Diebesgut? Gibt es inzwischen große Hehler-Gärtnereien, wo die ganz heißen Schnittrosen unter der Hand gedealt werden? Ich bin ratlos. Ich nehme allen Mut zusammen und pirsche mich zur Terrassentür, um einen besseren Einblick zu erhalten. Tatsächlich, da huscht eine gebückte Gestalt mit einer Taschenlampe durch die Beete, Pflanze um Pflanze erscheint im Lichtkegel, wird offensichtlich inspiziert, und hin und wieder greift der Dieb zu. Beim Salat? Ein Irrer! In unserem Garten! Ich reiße die Tür auf und brülle ihn an: »Hallo, Sie da, was machen Sie denn da?« »Ach Junge, wie schön«, erschallt die Stimme meiner Mutter, »mach uns doch noch ein Bier auf, ich komme gleich rein!« Ich traue meinen Ohren kaum. Es ist zwei Uhr nachts, und meine Mutter krabbelt durch den Garten? »Was zum Teufel tust du da?« »Ich jage Schnecken!« Gut, sie ist fünfundsiebzig. Da kann man schon mal ein bisschen wunderlich werden. Siehe Günter Grass. Oder Helmut Schmidt. Aber deswegen gleich Schnecken jagen? Ich mache mir Sorgen und beschließe, nach ihr zu sehen.

Es ist neblig und feucht im Garten. Meine Mutter steht im Nachthemd im Gemüsebeet und leuchtet Pflanze um Pflanze ab. Man soll Verrückten immer das Gefühl geben, sie ganz ernst zu nehmen. Ich sage: »Mutter! Warum stehst du im Nachthemd um zwei Uhr morgens im Garten und leuchtest Pflanzen ab?« Aber sie beachtet mich gar nicht. Stattdessen fällt sie auf die Knie, ruft triumphierend: »Da! Wieder eine!«, dann erhebt sie sich und hält mir freudestrahlend eine dicke, schwarze Nacktschnecke unter die Nase. Ich schaue beide verblüfft an. Auch die Schnecke wirkt irritiert. Sie schleimt ein bisschen aus Protest vor sich hin, die Finger meiner Mutter schimmern schmierig im Schein der Taschenlampe, es scheint tatsächlich nicht das erste Weichtier gewesen zu sein, das sie erwischt hat. Genau genommen sind ihre Hände unter einer dicken, merkwürdig zäh-viskosen, halb transparent-weißlichen Schleimschicht verborgen, die zum Handrücken hin deutlich in Richtung Sekretkruste tendiert, was auch nicht verwunderlich ist, denn die Schnecke sekretiert weiter tapfer vor sich hin, wohl in der Hoffnung, so wieder freizukommen, aber meine Mutter hält sie im eisernen Gärtnerinnengriff. »Bah, die schleimen immer so«, ruft sie aus und wischt eine weitere Schnapsglasladung Schneckenschleim mit der linken Hand ab, auf der sich bereits kleine Schleimsteinformationen gebildet haben. Das kommt für das Tier unerwartet, die erschreckte Schnecke zieht sich zusammen. Da sich aber nichts Substanzielles an ihrer Situation ändert, entfaltet sie sich bald darauf wieder. Meine Mutter steht also im Nachthemd um zwei Uhr morgens im Gemüsebeet vor mir, in der Linken eine Taschenlampe, in der Rechten eine Nacktschnecke, die sich jetzt offenbar zu so etwas wie Flucht entschlossen hat, sie fährt sich auf volle Länge, das sind immerhin gut zehn Zentimeter, und streckt ganz langsam ihre Fühler raus, die ein bisschen hilflos in der Luft herumkreisen. Die Molluske wird mir weiter stolz unter die Nase gehalten. So kommen wir hier ja irgendwie nicht weiter, denke ich, und sage deshalb:

»Ja, herzlichen Glückwunsch. Toller Erfolg. Du hast eine Nacktschnecke erjagt.«

Sie lacht: »Eine? Eine Nacktschnecke?« Ein hysterisches Kichern.

»Und was zum Teufel machst du jetzt mit dem Vieh?«

»Na was schon, ich schneide sie durch!«

»Du machst – was?«

»Ich schneide sie durch. Hier, halt mal.«

Sie reicht mir die Taschenlampe rüber, die über und über mit Schleim verschmiert ist. Angewidert halte ich sie. Meine Mutter bückt sich, hebt eine Heckenschere vom Boden auf, die Schnecke schleimt noch ein bisschen mehr und wackelt hektisch mit den Fühlern, ich traue meinen Augen kaum, sie ihren Fühlern vermutlich auch nicht, erbarmungslos nähern sich die stählernen Klingen, da macht es *schnipp,* und zwei Schneckenhälften verschwinden in der Dunkelheit. Fassungslos schaue ich meine Mutter an. Sie wird mir unheimlich. Was wird sie als Nächstes anstellen mit dieser Schere?

Sie demonstriert es mir sofort. »Da, wieder eine«, ruft sie, hebt eine weitere Schnecke hoch, streckt sie mir erneut unter die Nase, »siehst du, das ist eine von den Getigerten, die habe ich diesem Jahr zum ersten Mal gesehen«, dann: *schnipp,* anschließend ein zweifaches dumpfes Aufschlagen auf großen Pflanzenblättern. »So, und gleich kommt die Nächste dran!«, ruft sie, »leuchte doch mal, Junge!« Während sie sich wieder auf den Boden stürzt und ein kleiner spitzer Schrei erklingt – offenbar hat sie ein weiteres Opfer überwältigt –, lasse ich den Kegel der Taschenlampe kurz umherschweifen. Was sich mir bietet, ist nichts anderes als ein Bild des Grauens, ein Schlachtfeld wahrhaft apokalyptischen Ausmaßes.

Wohin ich mit meinem Leuchtkegel auch strahle, immer fängt er dieselben Bilder ein: halbierte Schneckenkadaver in allen Größen und Farben: feuerrote, pechschwarze, erdbraune, marmorierte und getigerte – der Boden ist übersät mit Schneckenleichenteilen, einige winden sich noch etwas, sie zucken und suhlen sich in ihren eigenen, teils Bläschen werfenden Schleimabsonderungen, dazwischen die erneuten Schnippgeräusche neben mir, mein Blick schweift ein paar Meter weiter, dort bewegt sich nichts mehr, regungslose, schlaffe Schneckenhälftenhüllen bedecken den Boden.

»Ha! Wieder eine! Leuchte doch mal richtig, Junge!« Aber ich leuchte noch ein bisschen weiter in die andere Richtung. Da sitzen lebende Schnecken, in kleinen Trauben, aufgeregt zittern sie mit ihren Fühlern, was machen die denn da? Neben mir ein kräftiges *Schnipp,* aber ich gehe einen Schritt näher in Richtung der Schneckenversammlung. Spontane Protestkundgebung? Schleim-in gegen den Völkermord? Brechen die Angehörigen weinend über ihren Lieben zusammen? Ich leuchte näher heran und blinzle kräftig. Nein, kein Zweifel: Diese Nacktschnecken halten einen fulminanten Leichenschmaus. Sie fressen die Schneckenhälften einfach auf, ein paar Schritte weiter sieht man statt der Hälften ein paar sehr zufrieden aussehende Schnecken, die interessiert mit den Fühlern zucken, als von hinter mir erneut ein beherztes *Schnipp* erklingt. Ein paar der Weichtiere wechseln ihre Richtung, frohgemut kriechen sie in die Richtung, wo das Scherengeräusch herkommt. Und tatsächlich, nur vier bis fünf Schneckenlängen weiter finden sie die nächsten Kadaver, ein bisschen zucken die noch, aber erfreut kriechen die Wegschnecken auf ihre sterbenden Artgenossen und schlagen ihre Raspelmundfelder in den Matsch.

»So, das reicht für heute!«, höre ich meine Mutter hinter mir, »komm, wir gehen wieder ins Bett, ach, vorher noch 'n Bier und 'n Korn«. Sie wischt ihre Hände in einem Handtuch ab. »Gestern Nacht habe ich mitgezählt, da waren es hundertzwanzig«, gibt sie stolz zu Protokoll. Und ich beginne, zu verstehen: Das hier ist der natürliche Kreislauf in Münster-Gremmendorf. Schnecken werden geboren, kriechen heran, werden zerschnitten und nähren die nächste Generation der schon wieder aus ihren Eiern gekrochenen Nachfahren, ein stetes Kommen und Gehen, ein Vereinen und Entzweien und wieder Vereinen, die ganze Erhabenheit und Tragik des Lebens auf unserem Planeten, komprimiert auf einem dreißig Quadratmeter großen Gemüsebeet. Ehrfürchtig folge ich meiner Mutter ins Haus nach. Als ich die Tür hinter mir schließe, meine ich fast, leise Schmatzgeräusche aus dem Garten zu hören. Ich schaudere und schließe ab.

Am nächsten Morgen, als ich in die Küche wanke, geleitet vom Kaffeeduft, der mich schon aus dem Bett gelockt hatte, treffe ich auf eine ungewöhnliche Versammlung am Küchentisch. Frau Westhoff von gegenüber, Frau Schulte von nebenan, Frau Vogelsang von nebenan, andere Seite, und Frau Dieckmann von zwei Häuser weiter. Die lustigen Witwen von Gremmendorf, durchfährt es mich, als mir der Familienstand der Damen einfällt und ich auf ihre charakteristischen Gedecke blicke: jede hat eine Kaffeetasse vor sich, daneben ein leeres Schnapsglas. Die Flasche Weizenkorn ist noch mit einer kleinen Eisschicht umhüllt.

»Setz dich, Junge«, dröhnt es mir entgegen, und ich fürchte Schreckliches – nein, groß geworden zu sein, bescheinigt mir schon lange keine der Damen mehr, aber weder möchte ich jetzt Ratschläge zur körperlichen Ertüchtigung hören, noch steht mir der Sinn danach, meine Aktivitäten, die sich die Frauen weigern würden, als beruflich zu bezeichnen, zu erläutern, und auch über die Vorteile eines abgeschlossenen Studiums will ich morgens um zehn nichts hören. Aber sie lassen sich gar nicht weiter von mir ablenken. »Bei mir waren es letzte Woche über dreihundert! Ich sage euch, Bierfallen, das hilft. Einfach ein Glas mit Bier viertelvoll machen, in den Boden eingraben, fertig! Dann musst du auch nicht mehr nachts durch den Garten krabbeln!«, führt Frau Vogelsang an meine Mutter gerichtet aus.

Frau Dieckmann pflichtet bei: »Außerdem ist das doch wenigstens ein schöner Tod, in Bier zu ersaufen!«

Frau Schulte guckt bei dieser Äußerung etwas pikiert und murmelt: »Na, ich weiß ja nicht«, und mir fällt die Sache mit ihrem Mann vor zehn Jahren wieder ein, irgendwas mit so unschönen Worten wie Panzerleber, und schon war es eine Witwe mehr in Gremmendorf, ich glaube sogar, Herr Schulte hatte als Letzter die männliche Minderheit in der Nachbarschaft vertreten, hatte sozusagen die Fahne in jeder Beziehung hoch gehalten, was meine Mutter damals nur knapp kommentierte mit: »War doch klar, dass der sich totsäuft!«

Aber nun schwärmt Frau Vogelsang weiter von der Biereuthanasie, während meine Mutter fachkundig zu bedenken gibt, dass das aber extrem eklig sei, sie habe das auch probiert, aber die Gläser seien am nächsten Morgen randvoll mit einer undefinierbaren Schnecken-Schleim-Bier-Masse, man kriege die kaum wieder sauber, die Gläser. Da stimmt auch Frau Westhoff zu, außerdem locke das Bier nur immer noch mehr Schnecken an: »Die sind da nämlich so jeck hinterher wie damals unsere Männer«, zieht sie einen etwas gewagten Vergleich zwischen den verblichenen Gatten und den Weichtieren, vielleicht sieht sie da aber auch gar nicht so große Unterschiede, ich hake lieber nicht nach und lausche andächtig.

Schneckenkorn, da sind die alten Damen sich einig, komme nicht in Frage. Gift wollen sie nicht in ihrem Garten haben, außerdem sei das grausam, vergiften, das mache man einfach nicht. Erstaunlich, denke ich, ich bin sicher, während meiner Kindheit in den Siebzigern hätte keine der Frauen auch nur eine Sekunde gezögert, beim Anblick der kleinsten Blattlaus den ganzen Garten mit Agent Orange einzunebeln.

Obwohl, warum Vergiften grausamer sein soll als das, was Frau Westhoff jetzt vorschlägt, erschließt sich mir auch nicht so recht: Sie sammle die Schnecken auch nachts einfach ab, aber werfe sie alle in eine große Plastiktüte, die sie am Ende ihres Jagdzuges dann zubinde und direkt wegwerfe.

»Die armen Tiere!«, empört meine Mutter sich, ausgerechnet, »da ersticken die doch elendig oder ersaufen in ihrem eigenen Saft!« Ja, aber das sei nun wirklich am saubersten. Und sehr praktisch, verteidigt Frau Westhoff sich. Frau Dieckmann gibt dagegen zu bedenken, dass Schnecken ja eigentlich Biomüll seien und in die braune Tonne müssten, aber das ginge dann ja nicht, wegen der Plastiktüte, und bei den Schneckenmengen bei ihr im Garten müsste sie dann wieder das Restmülltonnenvolumen erhöhen. Die Frauen geben ängstliche Quieklaute von sich. Das Restmülltonnenvolumen! Damit haben die Stadtwerke die Münsteraner Witwen wirklich drangekriegt. Seit Neuem werden nämlich die Restmülltonnen in unterschiedlichen Volumina ausgeteilt, und je nach bestellter Größe berechnet sich die Müllabgabe. Diese geschickt angesetzte Preisschraube hat bei den Nachkriegsdamen zu einem nie für möglich gehaltenen Kampf gegen die verschiedensten Müllbestandteile geführt. Die Frauen schütteln sich. Nein, auch diese Schneckenbekämpfungsmethode scheidet aus. Kurz werden noch die Eigenschaften von japanischen Laufenten diskutiert, aber man ist sich rasch einig, dass die erstens, wie die Schulze-Dahlmann neulich erzählt habe, sehr wohl auch die Pflanzen anfressen und zweitens überall hinscheißen, und drittens: Was sollen denn die Nachbarn denken? Ich ziehe etwas die Augenbrauen hoch und lasse mir das Bizarre dieses Einwandes mit dem Kaffeegeschmack auf der Zunge zergehen, denn ganz offenkundig steht die gesamte Nachbarschaft in Sachen Nacktschnecken ja zusammen wie eine gigantische japanische Laufente, aber ich ahne, dass ich den Morgen nur dann unbeschadet überstehe, wenn ich einfach den Mund halte. Die Damen sind sich schließlich einig, dass es einfach keine bessere Lösung gebe, als die Schnecken nachts abzusammeln, darauf noch einen Klaren – und ab in den Garten, jede für sich. Nachts die Nacktschnecken, tags das Unkraut, der Rasen und die Hecke.

Abends treffe ich mich mit alten Freunden. Als ich nachts auf dem Heimweg durch die Straßen unseres Wohngebietes gehe, durch die übliche Luftmischung aus Nebel, Diesigkeit und Niesel, die diese charakteristischen Strahlenkränze um die Straßenlaternen erscheinen lässt, komme ich an vielen, etwa vierzig Jahre alten Häusern mit schön zugewachsenen Gärten vorbei. Ich bleibe stehen und lasse meinen Blick schweifen. Allüberall, in allen Richtungen, blitzen für einen kurzen Moment flackernd Lichtstrahlen durch das Laub der Hecken und erleuchten einzelne Blätter in den Bäumen, einer lauen Tropennacht mit Glühwürmchen nicht unähnlich. Und jedes Aufglühen, ich weiß es genau, kündet von einer alten Witwe, die in ihrem Garten Schnecken zerschneidet, erstickt oder ersäuft. Auf einem großen, nassen Begrenzungsstein sitzt eine dicke, marmorierte Nacktschnecke. Ich schiebe sie vorsichtig etwas zur Seite, setze mich neben sie und lasse die Nacht auf mich wirken.

Baucheln mit Bernd Begemann

ALS ICH ANFANG DER NEUNZIGER meine erste Bernd-Begemann-CD in den Händen hielt, konnte ich es kaum glauben: Was für Songs! Einfach, direkt, dabei gut beobachtet und charmant – eine wirkliche Neuentdeckung. Da ich seine Kunst also sehr schätze, lud ich Begemann als Gast zu meiner Reihe »Weltstars privat« ein.

Der Versuch, im Vorfeld einige Absprachen zu treffen, scheiterte: »Wenn wir echte Profis sind, können wir das auch so.« Also verabredeten wir echten Profis uns für den Auftrittstag um 17 Uhr, um alles Weitere festzulegen und gemeinsame Songs zu üben. Um 19 Uhr fuhr sein goldener Audi mit den BB-Initialen im Nummernschild vor. Der durchaus dickliche Meister – ich darf das sagen – sprang aus dem Auto, lief auf mich zu, fuhr seinen Bauch airbagartig aus und ließ ihn mit dem ja auch nicht unbeachtlichen Gegenstück meinerseits kollidieren.

»Erstmal ein bisschen baucheln!«, kommentierte er den ungewöhnlichen Begrüßungsvorgang.

Anfasser sind mir persönlich ja eher unangenehm; ich bin Westfale, und da reicht man sich zur Begrüßung und zum Abschied einfach die Hand. Mir genügt das. Ich muss nicht immer gleich schmatzende Menschen in den Armen, am Hals und auf den Wangen kleben haben. Am Bauch schon gar nicht. Aber nun gut, man will ja auch nicht verkrampft wirken. Also lächelte ich idiotisch und tat, als sei alles in Ordnung.

Einen Ablaufplan für den Abend zu erstellen, erwies

sich als schwierig, da Begemann kein besonderes Interesse an irgendeiner Kooperation zeigte. Er schlug vor, einfach einen Soloauftritt hinzulegen, ich könnte ja vorher irgendwas lesen, wenn ich unbedingt wollte. Ich wies dezent darauf hin, dass das eigentlich nicht der Sinn der Einladung war. Unwillig ließ er sich auf eine modifizierte Mischversion ein. Die erste Hälfte lief noch recht rund, in der Pause scheiterten aber weitere Kommunikationsversuche, weil er der Tresenkraft, die uns freundlicherweise etwas zu trinken bringen wollte, attestierte, dass sie mit ihren blonden gelockten Haaren wie ein Engel aussähe und sich doch bitte langsamer bewegen möge, damit er ihre Anmut bestaunen könne. Der Frau war das sichtlich unangenehm, sie wollte weg, aber Begemann hielt sie auf, bestaunte sie weiter, während sie versuchte, sich möglichst unauffällig zu verdrücken, ohne allzu unhöflich werden zu müssen. Ich dachte an eine Freundin von mir, die sich nach einem Begemann-Konzert ein Autogramm von ihm holte und ins Ohr gesäuselt bekam, er habe sie schon von der Bühne aus die ganze Zeit beobachtet und die letzten Lieder nur für sie allein gesungen. Zwei Jahre später waren wir wieder gemeinsam auf einem Konzert, und sie, als Medizinerin mit Tierversuchen wohl vertraut, reizte die Experimentierlust. Erneut reihte sie sich nach der Show in die Reihe der Wartenden ein, erneut bekam sie ins Ohr geflüstert, dass er sie schon von der Bühne aus usw. – mit exakt gleicher Wortwahl, wie sie später fasziniert berichtete.

Da ich leider keine Frau bin, war das Interesse des Herrn Begemann an meiner Person arg reduziert. Auf Null etwa. Ohne genauere Absprache ging ich also nach der Pause allein wieder auf die Bühne und begann den zweiten Teil. Als Begemann dazu kam, war er offenbar übellaunig geworden.

Plötzlich bestellt er mich zu sich nach vorne und offenbart dem Publikum, er habe festgestellt, dass ich einfach »nicht funky« sei und dass er dies nun zu ändern gedenke. »Heiko, willst du den Funk?«, grölt er mich an, und wahrheitsgemäß antworte ich: »Öh, äh – nö.« Nun fragt er das Publikum, ob er mich funky machen, ob er mich zum Tanzen bringen solle.

Ich bin nicht funky. Ich will gar nicht funky sein. Funkigkeit interessiert mich nicht. Ich will auch nicht tanzen. Ich habe schon als Jugendlicher die Tanzschule verweigert, auf Partys sitze ich lieber irgendwo in der Ecke und unterhalte mich, ich tanze nur in Momenten großer gefühlter Vertrautheit, auf der Bühne hingegen mache ich lieber etwas, von dem ich annehme, es einigermaßen zu beherrschen. Tanzen gehört da nicht zu. Ich weiß das. Ich muss das nicht von Herrn Begemann erklärt bekommen. Herr Begemann kann auch nicht tanzen. Ihm ist das aber egal. Zum Glück steht er auf einer Bühne, so weiß der Unbeteiligte, dass ein epileptischer Anfall eher unwahrscheinlich ist. Die Masse findet es lustig, wie er da so zuckt und zappelt, und mir wäre es ja auch Recht, würde er nicht zeitgleich weiter auf mich und das Publikum einreden: »Los, Heiko, zeig uns den Funk! Ihr Vorleser steht doch nur so auf der Bühne, um euch bewundern zu lassen, ohne was dafür zu tun! Jetzt tanz! Gib uns den Funk!«

Es gäbe viele sinnvolle Varianten, darauf zu antworten. Ihm eins aufs Maul zu geben, zum Beispiel. Irgendwas Schlagfertiges ins Mikro sagen. Achselzuckend weggehen. Das Dumme ist nur: Nichts davon fällt mir ein. Fassungslos stehe ich vorne, starre auf den hüpfenden und schwitzenden und schreienden Mann, höre, wie er dem Publikum ein weiteres Mal zuruft: »Wollt ihr, dass Heiko funkt?«, wie die Meute vielkehlig »Ja!« schreit, denke, ach scheiße, was zick ich hier rum, was ist schon dabei, und dann fange ich tatsächlich an, vollkommen idiotisch, ungelenk, arhythmisch und vor allem: komplett unfunky herumzuhüpfen und alberne Bewegungen zu machen. Ich hoffe, dass dieser Wahnsinn ein schnelles Ende findet, höre keinen Takt, es gibt vermutlich auch gar keinen, weil Begemann wirr auf seiner Rhythmusbox herumklöppelt, kurzum: Ich lasse mich komplett vorführen.

Der sensiblere Teil des Publikums wendet sich mit Grauen ab, der Mob tobt und will mehr. Und Begemann gibt ihm mehr. Er kommt auf mich zu, sein Gesicht längst in eine kampfhundartige Grimasse verzerrt, abschätzig sieht er mein hilfloses Herumgehampel, er baut sich vor mir auf, dann zischt er mir ins Ohr: »Und jetzt baucheln!« Er umfasst mich, streckt seinen Bauch heraus und schubbert sich an mir wie ein Schwein an der Borke eines Stammes, reibend und rubbelnd und rasend. Der Mann ist einen Kopf kleiner als ich und hat ein paar Kilo weniger auf den Rippen, würde ich meinen Bauch jetzt mal richtig ausfahren, würde er einfach umfallen, aber ich stehe nur starr und ungläubig da und registriere wie von außen, dass er mir und sich gleichzeitig das Hemd hochzieht, schon spüre ich sein schweißglitschiges, behaartes Abdomen sich auf meiner blütenzarten Haut auf und ab schieben, ein Geruch umweht mich wie im Jungens-Umkleideraum einer Turnhalle, dessen Fenster seit zwei Wochen defekt sind und nicht mehr geöffnet werden können, eine nasse Spur auf meinem Körper hinterlassend, ein Gefühl, als würde ich von einer riesigen Nacktschnecke umfangen, die sich mit Hilfe ihres gesamten Schneckenschleimes und diesen lappigen Hautsäumen an mir festgesaugt hat. Fast meine ich, ein den Lärm übertönendes Schmatzgeräusch zu vernehmen. Als er mich endlich loslässt, ziehe ich mein Hemd wieder herunter, solange es noch beweglich, solange es in der Sekretschicht noch nicht verkrustet und festgeklebt ist.

Die Masse johlt, Begemann röhrt jodelnde Laute ins Mikrofon, jetzt will er, dass ich mein Hemd aufknöpfe, er reißt sich selbst die obersten Knöpfe auf und läuft mit hervorgestreckter, hobbitartig behaarter, schmierig wie eingespeichelt wirkender Brust auf mich zu, verklebt pappen seine Haare im Saft, er präsentiert seine Brust wie ein Gorilla-Männchen. Fehlt nur noch, dass er darauf herumtrommelt, will weitere Knöpfe öffnen, bei sich, bei mir, reflexartig schütze ich mich mit den Händen.

Er ruft: »Los, wir ziehen uns aus!« Ein weiterer Knopf bei ihm springt auf. Einige Frauen aus dem Publikum schreien lauthals: »Bloß nicht!«

Wie ein Kampfschwein wirft er seinen massigen Körper herum und stürzt auf den Tisch der Damen zu, pöbelt sie an, er brüllt: »Was ist das hier für ein Scheiß-Intellektuellenpublikum, bei jeder anderen Show wäre ich jetzt schon längst nackt!«

Eine der Frauen ruft: »Na, da haben wir ja noch mal Glück gehabt«, benommen kann ich mich im Kampfeslärm davonschleichen und endlich wieder hinsetzen. Er liefert sich noch einige Wortgefechte mit meinen Retterinnen, dann greift er endlich wieder zur Gitarre und spielt, eine Saite reißt, es ist vorbei.

Nach der Show würdigt er mich keines Blickes, ein Dutzend Frauen umschwärmt ihn, er flüstert jeder etwas ins Ohr. Ich ahne, was es ist.

Der letzte Sonntag in meinem Leben

Ein Lesedrama in fünf Akten

Prolog

SO IST DAS ALSO. DER LETZTE SONNTAG in meinem alten Leben. Der letzte Sonntag in Freiheit. Morgen soll es wahrscheinlich losgehen mit der Geburt unseres Kindes, danach beginnt ein neues Leben, das wurde mir inzwischen hundertfach versichert. Aber – ist das dann überhaupt noch Leben?

I. Akt: Protasis

Anlässlich des Geburtstags meiner Freundin letzte Woche haben wir uns zum Brunch mit Freunden getroffen. Bei der Verabschiedung nahm eine gute Bekannte meine Freundin in den Arm, hauchte: »Viel Glück« und »Wir sehen uns dann ja wohl nicht mehr.« Das war wahrscheinlich nur unbedacht formuliert. Nehme ich jedenfalls an.

II. Akt: Epitasis

Verschlafen blinzle ich in die Sonnenstrahlen, die auf unser Bett fallen. Es ist 11 Uhr. Und wir können einfach liegen bleiben. Noch schlafen. Ganz wie wir wollen, allein oder miteinander. Sperma soll ja angeblich Wehen auslösen, denke ich noch, aber egal, mit dieser schönen Sonntagstradition ist ja wohl ohnehin jetzt eine Weile Essig, dann lieber noch mal nutzen. Zusammen frühstücken, himmlisch, diese Ruhe. Da kräht nur die Elster draußen im Hof. Und der Weddinger Ureinwohner im Vorderhaus im zweiten Stock. »Ey, du Fotze«, grunzt es durch den Innenhof, und es klingt fast wie eine Liebeserklärung, vielleicht ist es ja sogar eine, die Worte tanzen durch den Hof, schweben über der Biotonne und streben zum strahlend blauen Himmel empor, sachte und ungestört und vor allem ohne schreiendes Echo aus unserer Wohnung. Was für eine Idylle. Als ich etwas in dieser Richtung äußere, guckt meine Freundin mich skeptisch an, schließt genervt das Fenster und meint, ich solle mal nicht jetzt zum Schluss noch durchdrehen. Da haben wir's ja schon. Schwangerschaft macht launisch.

Später, beim Duschen, seife ich mich mit dem Duschgel ein, und es kommt mir ein bisschen vor, als erteilte ich mir selbst die letzte Ölung. »For Men«, prangt auf der Flasche. Ich werde traurig. Ich werde es nicht mehr aufbrauchen können. Merken: Gleich morgen neue Sorte suchen: »For Väter«.

III. Akt: Catastasis
1. Szene
Auffällig häufig rufen in letzter Zeit alte Bekannte an, bevorzugt aus meiner alten Heimatstadt, von denen ich schon ewig nichts mehr gehört habe, die abgetaucht waren mit ihrer Familie, die sich, wenn ich mal auf Heimatbesuch war, nicht mehr treffen wollten oder immer sofort wieder nach Hause mussten, die keine Zeit hatten und sich bald wieder zu melden versprachen. Damit haben sie gewartet. Bis jetzt. Nun aber, so scheint es, kommen sie plötzlich aus ihren Löchern gekrochen, aus ihren Doppelhaushälften, Einfamilienhäuschen, aus ihren Altstadt-Dachgeschosswohnungen, jetzt interessieren sie sich plötzlich wieder dafür, was ich so mache. Jetzt wird ja alles ganz anders werden bei dir, sagen sie. Und es klingt lauernd und triumphierend, ein bisschen wie in diesen Filmen die Zombies, die nur darauf bedacht sind, Nach-

schub für ihr Untotenreich zu rekrutieren. »Wenn ihr irgendwas braucht, dann meldet euch!«, hallt es aus dem Hörer, und vor meinem Auge sehe ich einen ausgemergelten, beinah mumifizierten Arm mit skelettiertem Zeigefinger, der sich lockend biegt und mich ruft: *Komm, komm rüber zu uns. Komm, bald gehörst du dazu. Braucht ihr noch eine Babywaage? Bald bist du einer von uns ...*

2. Szene

Wenn man sich die ganzen Diskussionen über Bevölkerungspolitik, Familien und Kinderkriegen so anhört, schämt man sich ja direkt, jetzt auch dabei zu sein. Sicher wäre es ein wenig hysterisch, das Kind nur deswegen noch abzutreiben, weil man nicht in Verdacht geraten möchte, zur Fußball-WM dem Kaiser ein Kind geschenkt zu haben oder Ursula von der Leyen auf den Leim gegangen zu sein, aber peinlich ist es ja schon. Dieses ständige Gejammere, dass die Deutschen aussterben! Wir sind doch keine Pandabären! Erstens sind wir längst nicht so niedlich, und zweitens gibt es nun einmal keinen Artenschutz für Nationen. Die entwickeln sich halt immerfort weiter. Für diejenigen, die das partout nicht wollen, hätte ich einen Vorschlag zur Güte: Wir machen ein richtig schönes Erhaltungszuchtprojekt. So wie für Wisent, Goldkopf-Scharnierschildkröte und Breitmaulnashorn, Erfahrungen liegen da aus den Zoos der Welt genug vor, das funktioniert. Ist sogar ganz einfach: Die Deutschen, die unbedingt die Deutschen in dieser Form erhalten wollen, in Zuchtgruppen zusammensetzen, gut füttern, getreulich medizinisch überwachen, und vor allem: hinter hohen Zäunen ganz sicher einsperren. Damit die wertvollen Zuchtexemplare nicht geklaut werden. Und auf keinen Fall ausbrechen können. Die kommen in der Welt da draußen ja gar nicht mehr richtig klar. Sieht man ja. So wie Säbelzahntiger bei uns heute auch keine Chance mehr hätten, da hat sich einfach zu viel verändert.

Ansonsten können die Deutschen meinetwegen gerne aussterben. Goethe wird eh überschätzt. Und Heiner Müller auch, um das mal klarzustellen. Und wer würde ernsthaft Helmut Markwort, Wolfgang Niedecken, Jörg Schönbohm oder Wolf Biermann nachtrauern? Also, weg damit. Survival of the fittest, heißt es schließlich, nicht Survival of the blödest and lautest. Es kommen schon genug andere nach, da mache ich mir gar keine Sorgen. Und wenn keine Menschen nachkommen, dann aber ganz bestimmt, sagen wir: Kakerlaken. Dann wird Deutschland halt wirklich mal zur Keimzelle einer überlegenen Spezies, wenn die von hier aus ihren finalen globalen Siegeszug antreten. Heißen ja auch schließlich *Blatella germanica*. Und, seien wir ehrlich, verglichen mit etwa Kai Dieckmann wäre das doch in jeder Hinsicht eine echte Verbesserung.

IV. Akt: Retardation

Ich gehe raus auf die Seestraße. Das zarte Grün in den Bäumen! Das unbeschwert über den Boden tanzende Sonnenlicht! Die farbenprächtigen Beete mit den Frühblühern und den *Burger-King*-Bechern, dazwischen die vor Freude ausgelassen juchzenden Ratten. Werde ich all das in den nächsten Jahren je wieder sehen? Durch meine geränderten, brennenden, gequollenen und von Schlafentzug gezeichneten Augen, wie mir von Reproduktionsveteranen so eindringlich ausgemalt wird? Das singende Knattern der tiefergelegten Autos auf der Müllerstraße, das migrationshintergründische Wortstakkato, wenn die vor einem ihrer Clubs stehen und es immer so klingt, als würden sie sich gleich gegenseitig die Kehle durchschneiden, obwohl die sich wahrscheinlich nur darüber unterhalten, ob ihre Babys schon durchschlafen – werde ich all das je wieder so lieblich hören können, wenn die Ohren vom Kind längst wund und blutig geschrien sind? Ich stehe vor dem Schaufenster der Buchhandlung »Belle-et-triste« und sehe im Schaufenster den Bestseller

»Mein Kind schläft durch« von Eva Herman. Ich erschaudere. Könnte ich tatsächlich jemals so verzweifelt sein, dass ich ein Buch von Eva Herman kaufe?

V. Akt: Lysis und Katharsis

Ich ziehe weiter durch den Wedding. Alles voller Kinder hier. Es ist ein einziges Gewusel und Gewimmel und Geschrei. Sehen eigentlich ganz fröhlich aus. Wenn man genauer hinschaut, stellt man fest, dass nur die wenigsten ihre Klappmesser aufgestellt haben oder einander die Augen auskratzen. Die Erwachsenen, die dazwischen auf ihren Bänken sitzen, wirken auch mehrheitlich recht entspannt. Als ich am Saray-Imbiss vorbeikomme, ruft der Dönerschnitzer mir zu: »Ach, hallo! Was macht deine Frau? Was ist mit dem Kind?« Ich erzähle ihm, dass es diese Woche wohl so weit sein wird. »Ach, wie schön!«, ruft er ehrlich begeistert, »das wird ganz großartig, glaub mir, ich habe auch drei Kinder! Ihr müsst gleich zu mir kommen, ich mache euch den besten Baby-Döner der ganzen Stadt!« Ich glaube es ihm ohne Umschweife und freue mich.

Später ein nachmittägliches Treffen mit dem Kollegen Spider. Der hat sein bald einjähriges Kind auf dem Schoß und das Bierglas auf dem Tisch und blickt sehr zufrieden in die Sonne. Auch ein bisschen müde.

»Ja, ist spät geworden gestern«, bestätigt er. »Aber das Gute ist, dass ich mir jetzt ja einfach den Kleenen schnappen und mich in die Sonne setzen kann, und alle finden das verantwortungsbewusst, nicht mehr faul.«

Beschwingt verabschiede ich mich nach einem weiteren Glas. Wieder zu Hause, kingelt das Telefon. Ein weiterer Anruf aus der Gruft. Coesfeld diesmal. Ich erkläre, dass ich gleich auftreten und deshalb rasch auflegen muss.

»Schon wieder weg«, zischt es aus dem Hörer, »na ja, da wird sich ja bei dir bald einiges ändern!« Gut gelaunt lege ich auf. Wir werden ja sehen.

A Weddinger is born

WIE PRAKTISCH, DASS ICH MICH vor fünfzehn Jahren entschlossen habe, mich in Steinwurfweite vom Virchow-Klinikum niederzulassen. Das Deutsche Herzzentrum ist nah, was sich in späteren Jahren als äußerst nützlich erweisen könnte. Interessant ist, dass direkt am Haupteingang, quasi auf dem Klinikgelände, genau dort, wo bei anderen Krankenhäusern immer ein Blumenstand ist, am Virchow-Klinikum eine dieser schmierigen Berliner Pommes- und Currywurstbuden residiert, der Virchow-Imbiss. Man kann es sich gut vorstellen, wie die herzkranken Patienten am Fenster ihres Krankenhauszimmers stehen und ihr Näschen in den Wind halten, um einen Hauch des Duftes der Freiheit, den Duft der Fritteuse vor dem Eingangstor, zu erhaschen, bis die Schwester ins Zimmer poltert und das Tablett mit der salzarmen 400-Kalorien-Mischkost auf den Ausklapptisch knallt, während sich die Skatbrüder aus dem *Löweneck* vor ihrem solidarischen Pflichtbesuch beim leider vorerst ausgeschiedenen Saufkumpan schnell noch eine Pommes mit einem *Schultheiss* runterspülen. Oder gehört der Virchow-Imbiss zu einem ausgefeilten Selbsteuthanasieprojekt für Infarktpatienten, die die Faxen einfach ebenso dicke haben wie die Herzkranzgefäße? Beschließt so ein Kalle, nach sechzig guten Jahren zwischen erst *Schering*, dann Jobcenter und schließlich *Kutscher-Klause*, lieber in Würde abzutreten als sein Restleben mit Diätplan und Bewegungstherapie zu verbringen? Streift er sich noch einmal das Holzfällerhemd glatt, zieht seine besten Cowboystiefel an und schleicht sich dann vorsichtig, aber im aufrechten Gang hinüber zum Virchow-Imbiss, wo er seine finalen zwei Currywürste mit doppelter Pommesmayo bestellt, den Blick unbeirrt auf die Amrumer Straße geheftet, die direkt auf den Friedhof Plötzensee führt? Unsympathisch wäre das nicht.

Aber auch für meinen aktuellen Lebensabschnitt ist das Virchow äußerst nützlich. Es gehört nämlich auch zu Berlins größten Gebärkliniken. Ob deshalb der Obst- und Gemüsestand gegenüber dem Eingang ganz modisch-originell, aber irgendwie ja auch passend »Fruchtbar« heißt? Egal, jedenfalls stand Gebären an, und wenn wir schon direkt am Kreißsaal wohnen, dann wollten wir dort auch niederkommen. Wir können da zu Fuß hin und waren froher Hoffnung, danach auch wieder zu Fuß zurückgehen zu können. Baby to go sozusagen.

Ich war fest entschlossen, mich von der vorherrschenden Hysterie in Sachen Kinderkriegen nicht anstecken zu lassen. Meine Güte, das haben Milliarden Menschen schon vor uns geschafft, das können letztlich alle, vom Bandwurm bis zum Rhinozeros, das soll ja wohl so wahnsinnig kompliziert nicht sein. Außerdem habe ich schon Hunderte kleiner Leguane von der Schwangerschaft bis in die Adoleszenz begleitet, ich bin stolzer dreifacher Träger des »Alfred-A.-Schmidt-Preises für herausragende Nachzuchterfolge«, da werden wir ja wohl ein Menschenkind auch noch irgendwie auf die Welt bekommen. Obwohl, so ging es mir durch den Kopf, als ich meine Echsen kurz vorher fütterte, ein bisschen neidisch bin ich ja schon auf euch. Eier ablegen – und fertig. Die machen es sich einfach. Die kommen erfolgreich in der Evolution weiter, ohne sich nachts von Geschrei terrorisieren zu lassen. Die können nicht mal schreien, weil: keine Stimmbänder. Hat vielleicht auch so seine Vorteile. Und wenn der Nachwuchs dann mal aus den Eiern schlüpft, kann er gleich alles selbst: fressen und laufen und weglaufen. Vor allem weglaufen. Denn wenn er noch mal seinen Eltern begegnet und nicht schnell genug ist, wird er von Mama oder Papa gleich weggespachtelt. Ich blickte auf den bereit stehenden Kinderwagen und seufzte. Mir schwante, dass die Sache in unserem Fall deutlich aufwändiger werden würde.

Der Geburtstermin rückte näher, aber nichts tat sich. Der Geburtstermin verstrich, aber nichts tat sich. Unser Sohn hatte offenbar keine große Lust, auf die Welt zu kommen. Konnte man es ihm verübeln? Aber andererseits: Es ist ja für uns alle kein Zuckerschlecken. Da musste er jetzt nun mal durch. Mich hat schließlich auch keiner gefragt vorher.

Der Arzt schätzt nach einer Ultraschallmessung, dass das Kind viereinhalb Kilo wiegt. Alle gucken mich vorwurfsvoll an. Dabei war ich als Kind völlig untergewichtig, so sehr sogar, dass mir die Einschulung mit sechs Jahren verweigert wurde. Sie glauben mir nicht. Jedenfalls ist das Kind schon ganz schön groß, macht aber trotzdem keinerlei Anstalten, rauszukommen. Mich beschleicht ein unguter Verdacht. Von den Echsen kenne ich das gut: die physiologische Legenot. Wenn ein Reptilienweibchen keinen geeigneten Eiablageplatz zur Verfügung hat, behält es die Eier einfach ein. Ich schlucke. Verdammt, ob es doch eine Schnapsidee war, im Wedding ein Kind aufziehen zu wollen? Oder hätte ich vorher einfach mal aufräumen sollen?

Egal, jetzt wird eingeleitet. Was für mich als studierten Umweltschutzmenschen ja eher nach illegaler Sondermüllentsorgung klingt, ist in Wirklichkeit die deutliche hormonelle Aufforderung an den Nachwuchs, jetzt aber mal hinne zu machen. Bei Einleitungen ist der Anschluss an einen Herztonwehenschreiber obligatorisch. Diese Kiste zeichnet die Herztöne des Kleinen durch die Bauchdecke auf. Dieses Gerät ist wahrscheinlich wahnsinnig nützlich. Dieses Gerät macht einen leider aber auch vollkommen wahnsinnig. Es ist ein einziges Gepiepe, die Herzfrequenz beim Geburtsrenitenten liegt irgendwo bei 160 bis 180, sackt aber auch mal lustig ab oder setzt ganz aus. Ich versuche, ruhig zu bleiben, mein Vertrauen in die Schulmedizin ist groß, die Hebamme ist ein Profi, und man will ja auch nicht hysterisch wirken, aber wieso piept das denn so flackerig? Das ist alles völlig normal, gibt die Hebamme zu Protokoll, die Herztöne seien zwar ein bisschen unregelmäßig, aber das sei durchaus noch im Normbereich, wir sollen uns keine Sorgen machen.

Meine Freundin macht sich keine Sorgen. Meine Freundin macht sich Schmerzen. Die hat keine Zeit für Sorgen nebenbei. Ich schon. Verängstigt blicke ich auf die sich krümmende Geliebte. Die Hebamme ist nicht nur Profi, sie ist ein abgebrühter Vollprofi. Dezent gelangweilt betrachtet sie das Geschehen und unterdrückt nur mühsam ein Gähnen.

»Bald wirst du dein Baby kennen lernen!«, verkündet sie meiner Freundin wohl zur Motivation, und ich frage mich, ob das wirklich die passende Formulierung ist an jemand, die die Brut schließlich schon monatelang in sich drin trägt. Dann verschwindet sie wieder, denn im Kreißsaal nebenan hat sich eine türkische Großfamilie versammelt, die sozusagen mit uns um die Wette gebiert, derzeit aber nach Schätzung der Amme etwa eine Stunde in Führung ist – mit »aber das kann sich alles noch ändern« hält sie das Rennen spannend.

Nun sind nur noch wir und der Herztonschreiber da. Der Herztonschreiber schreibt und piept, und gelegentlich schweigt er auch mal ganz. Dann kann man raten, ob sich das Kind jetzt nur ungünstig gedreht hat oder einfach gestorben ist, und auch wenn der Kurs 99,99:0,01 ist, bricht mir der Schweiß aus. Wo ist denn diese verdammte Alarmklingel. Ich werde panisch. Soll ich den anderen Kreißsaal stürmen? Aber das wäre sehr unsouverän.

Wie durch ein Wunder kommt plötzlich eine Ärztin in den Saal, und verblüfft erfahre ich, dass die vorne so eine Art Cockpit haben, wo alle Signale von allen Herztonschreibern eingehen, ein großes Gebärkontrollzentrum mit Dutzenden Monitoren, und die Geburtslotsen sitzen dort und erteilen vermutlich am laufenden Band Start- und Landegenehmigungen, und jetzt, wo von Kreißsaal 8 keine Signale mehr kommen, erscheint gleich die Fachkraft und nimmt sich der Sache an – ich bin beeindruckt. Natürlich, das Kind hat sich nur aus dem Messbereich gewendet, die Abhördinger werden etwas umgesteckt, es piept wieder ganz normal, aber was ist hier schon normal, es piept halt, mal so und mal so.

Ich frage vorsichtig, wie lange das alles noch dauern könnte, die Ärztin zuckt nur mit den Schultern. »Das weiß man nie. Das kann in einer Stunde so weit sein oder noch zehn Stunden dauern.«

Aha. Na, da setze ich mich doch lieber noch mal. Das Ding piepst, meine Freundin wimmert, ich bin sehr neidisch auf Reptilien, ach was, vielleicht war schon das ein Schritt zu weit – Amphibien, die machen es richtig. Das Weibchen legt einfach ein paar tausend glipschige Eier ab, das ist gar kein Problem, die flutschen einfach so raus, dann kommt das Männchen, gibt sein Sperma drauf, und fertig. Gut, einige Annehmlichkeiten der Inneren Befruchtung, wie wir Zoologen das Geficke gerne nennen, entfallen dabei, aber so eine Kröte braucht dafür keinen Herztonwehenschreiber. So lange das Ding auf Frequenz 160 piept, gleite ich in einen tranceähnlichen Zustand.

Dann reißt es mich aus meinen Gedanken, er zeigt 110, was weiß ich, ob das okay ist, nebenan lautes Geschrei und großer Applaus, die Türken haben gewonnen. Hier ist keine Hebamme, wieso ist denn dieser verdammte Herzschlag so niedrig, hoffentlich sind sie im Cockpit nicht eingeschlafen. Sind sie aber nicht, erleichtert registriere ich, wie die Tür aufgeht, die Ärztin nimmt eine Blutprobe beim Kind, sie sagt, das sei alles ganz normal und nicht besorgniserregend, ich will ihr glauben.

Zwei Minuten später rauscht sie mit drei Assistenten in

den Saal. Es sei alles völlig normal, aber leider hätten wir jetzt keine Zeit mehr, das Kind müsste jetzt »geholt« werden. Das Kind »holen«, so so. Ich nehme an, diese Formulierung wird im Lauf der Jahre noch einen gewissen Bedeutungswandel bei uns erfahren. Zumindest hoffe ich, dass nicht jedes Mal, wenn jemand das Kind holen soll, gleich zum Skalpell gegriffen werden muss. Ich stehe wie betäubt davor und bestaune, wie in wenigen Handgriffen aus dem Gebärbett durch Ein- und Ausklappen von irgendwas ein Rollbett gemacht wird, und keine Minute später sind alle draußen, nur ich soll sitzen bleiben. Ich müsse mir keine Sorgen machen, alles sei ganz normal, aber die Blutwerte würden doch ein rasches Eingreifen empfehlen, und dann sitze ich also und warte.

Und warte.

Und warte.

Und dann kommt es plötzlich, dieses Gefühl, es schleicht sich an, man will es nicht wahrhaben, man denkt: Es ist alles ganz normal, es ist alles ganz normal, es ist alles ganz normal. Dabei habe ich lange genug in einem Krankenhaus gearbeitet, um zu wissen, dass nichts ganz normal ist, wenn drei Ärzte im Laufschritt von irgendwoher auftauchen und innerhalb einer Minute eine Operation einleiten. Das mag Routine sein, normal aber ist es nicht, und plötzlich spürt man, wie dicht man am Abgrund steht, all das angesammelte Wissen, die Statistik, die Evolution, die Witzchen – alles erodiert dahin wie eine Sandburg bei eintreffender Flut. Plötzlich sitze ich alleine in diesem beschissenen, leeren, beängstigend ruhigen Kreißsaal, und ich will mir nicht vorstellen, was alles passieren *könnte,* will mich ablenken. Ich habe etwas zu lesen dabei, aber mit Lesen ist irgendwie gerade nichts, ich habe auch etwas zu denken dabei, aber mit Denken ist irgendwie auch nichts, hier ist überhaupt nichts außer dieser Stille.

Das Einzige, was noch Bewegung zeigt, ist die Uhr über der Tür. Ich versuche, mich ganz darauf zu konzentrieren, wie das eigentlich funktioniert, wie der Minuten- und der Sekundenzeiger in Verbindung stehen. Arbeitshypothese: Immer, wenn der Sekundenzeiger auf die zwölf kommt, geht der Minutenzeiger einen Strich weiter, aber das stimmt gar nicht.

Arbeitshypothese 2: Wenn der Sekundenzeiger den Minutenzeiger überholt, rutscht der Minutenzeiger einen Strich weiter. Es scheint so zu sein. Aber das ist noch keine statistisch signifikante Aussage, der Test muss wiederholt, das Ergebnis verifiziert werden. Eine Reihe von zehn Versuchen erhärtet die These, aber was sind schon zehn Experimente. Ich brauche mehr Ergebnisse, viel mehr Ergebnisse, fünfundvierzig Resultate, ich brauche mehr ... verdammt! Wieso kommt denn keiner?! Wieso sagt keiner was? Wieso habe ich nicht gefragt, wie lange so was eigentlich dauert? Sind die alle ganz entspannt da draußen, oder stehen sie bedrückt in einer Ecke und ziehen gerade Streichhölzer, wer zu mir muss? Sechzig Testergebnisse. Ganz vorsichtig könnte man bezüglich der Arbeitshypothese sagen: ist wohl so.

Die Tür geht auf. Jetzt bloß nichts anmerken lassen. Ganz cool sitze ich auf meinem Stuhl und gucke betont gelangweilt auf. Eine mir noch nicht bekannte bekittelte Frau tritt ein.

»Tschuldigung«, sagt sie höflich, »kann ich hier schon mal putzen?« Und dann beginnt sie, den Boden zu wischen. Soll ich jetzt ernsthaft die Putzfrau fragen, wie es meiner Freundin und meinem Kind geht? Das ist doch vollkommen idiotisch.

»Wissen Sie, wie es meiner Freundin und meinem Kind geht?« Sie guckt mich an, als sei ich vollkommen idiotisch. Ach, verdammt.

Die Tür geht auf, die Amme kommt herein. »Tschuldigung«, sagt sie, »wir hatten noch mit der anderen Geburt zu tun. Ihr Kind liegt schon eine Weile im Säuglingsraum, kommen Sie mit.«

Ich bin viel zu benommen, um irgendwas zu sagen, mir

fällt auch gar nichts ein. Unterwegs sagt sie, wie leid es ihr tue, dass meine Freundin nun gar nicht das richtige Geburtserlebnis hatte. Aha, denke ich. Wenn das die entscheidende Problematik ist, scheint ja doch alles ganz gut gegangen zu sein. Sie führt mich in einen Raum, in dem eine ältere Frau steht und in einem kleinen Kasten – keine Frage: ein Terrarium! – ein kleiner Mensch liegt, ein winzig kleiner Mensch. Obwohl, so winzig dann auch wieder nicht.

»3950 Gramm!«, ruft die ältere Frau, als sei das ein großer Erfolg, den ich errungen hätte. Gestern waren es doch noch 4500 Gramm, denke ich, sind wir hier auf dem Basar, oder was? Schließen die einfach nur lustige Wetten ab? Ich sage nichts. Die Frau stellt sich als Kinderärztin vor, allerdings als eine, die jetzt dringend mal weiter müsse, die Hebamme ist ohnehin schon wieder weg. Ich schaffe es gerade noch, der schon halb verschwundenen Ärztin wenigstens noch eine Frage zu stellen: »Was ist denn überhaupt passiert? Und wie geht es meiner Freundin?«

»Keine Ahnung«, antwortet die Ärztin, »ich war nicht dabei. Ich bin nur für das Kind zuständig.« Und während ich ihr fassungslos hinterher gucke, vergesse ich ganz zu fragen, ob denn mit dem Kind alles gut sei. Und weg ist sie, allein stehe ich vor dem winzigen Würmchen und überlege, welche Gefühle mich jetzt eigentlich überkommen sollten, ob es nicht irgendwie *Bumm* machen und ich vor Glück ganz döselig werden müsste oder so, aber da ist nur große Ratlosigkeit. Immerhin, das Kind sieht so aus, als ginge es ihm ähnlich. Ich habe keine Ahnung, ob ich es hochheben soll oder darf oder wie man das überhaupt macht, also reiche ich ihm vorsichtig einen kleinen Finger. Der Kleine greift zu. Immerhin, der Klammerreflex funktioniert schon mal.

Tja. Und jetzt stehen bzw. liegen wir hier also, und ich habe nicht den Eindruck, als ob meine fünfunddreißig Jahre Erfahrungsvorsprung mir hier sehr nützlich wären.

Die Tür geht auf, die Amme, endlich! Aber ehe ich irgendwas fragen kann, fragt sie mich etwas, nämlich ob ich etwas dagegen hätte, einer netten Frau ein paar Fragen zu beantworten, es ginge auch ganz schnell. Ich bin viel zu verblüfft, um zu fragen was für Fragen, und im nächsten Moment stehen eine Reporterin, ein Kameramann und ein Beleuchtungsheini im Raum. Sie arbeiten an einer Doku-Soap für *SAT.1*, erläutern sie fröhlich, eine Woche auf der Säuglingsstation, sie würden alles hier filmen, das wäre auch im Sinne der Krankenhausleitung, meine Hebamme hätten sie auch schon interviewt.

Na, dann kann ich ja wenigstens im Fernsehen sehen, was hier eigentlich los ist, denke ich. Ich bin zu müde, um sie einfach wieder rauszuschmeißen. Ach, was soll's, vielleicht besser, als wieder allein wartend hier rumzustehen, eigentlich bin ich ganz froh, dass überhaupt jemand da ist. Die Reporterin strahlt mich an: »Und? Wie fühlt man sich als frischgebackener Vater?« Ich starre sie an. Gute Frage. Da hat sie sicher lange drüber nachgegrübelt. Ein Coup des investigativen Journalismus. Einen kurzen Moment liegt es mir auf der Zunge, etwas zu antworten wie: »Gucken Sie sich den Scheiß hier doch an! Da – das Kleine kann nix. Es liegt nur rum und kann überhaupt nix. Und seien wir ehrlich: So frisch geboren sehen sie doch auch alle wirklich total krumpelig aus, das ist doch immer nur Getue mit diesem ›Ach! Ist das süß!‹, es ist runzlig und irgendwie zerdetscht, und außerdem habe ich keine Ahnung, ob es bei der Geburt einen Schaden davongetragen hat und ob die Mutter überhaupt noch lebt, und wieso kann das nicht sein wie bei Reptilien, da würde es jetzt einfach aufstehen und weglaufen, weil wir es sonst aufessen würden«, aber irgendetwas tief in mir sagt mir dann doch noch, dass es vielleicht nicht klug wäre, so etwas in eine laufende *SAT.1*-Kamera zu sagen.

Also antworte ich, immerhin zutreffend: »Weiß ich auch nicht.« Aber schon das scheint nicht ihrer Erwartungshaltung zu entsprechen.

»Aber das ist doch ein tolles Gefühl, so als frischgebackener Vater?«, setzt sie ganz neutral nach, und ich spüre eine immer bleiernere Müdigkeit in mir aufsteigen, na ja, sie muss es ja schießlich wissen, und dann sage ich: »Doch, schon, ja sicher.«

»Na, wollen Sie Ihr Kind nicht mal in den Arm nehmen?«, fragt sie als Nächstes, und wieder starre ich sie ratlos an:

»Wissen Sie, wie das geht?« Das ist ihr dann aber wohl auch nicht geheuer. Jetzt will sie wenigstens noch den Namen des Kleinen wissen, aber das geht mir jetzt zu weit, darüber würde ich gern abschließend noch mit meiner Freundin sprechen, ehe ich das gleich übers Fernsehen der ganzen Welt verkünde.

»Nö, das möchte ich noch nicht sagen«, sage ich. Jetzt guckt sie mich irritiert an. Das scheint sie nicht gewöhnt zu sein. Im nächsten Moment kommt die Hebamme herein.

»Na, wie geht es denn dem kleinen Wilko?«, fragt sie laut und in die Kamera, und die Reporterin grinst zufrieden. Allmählich reicht es mir.

»Wie geht es denn meiner Freundin?«, will ich wissen.

»Keine Ahnung, ich war nicht dabei«, erwidert die Amme. Dafür zeigt sie mir, wie ich das Kind anfassen soll, sie macht einige Tests mit ihm und führt mich anschließend in einen anderen Raum:

»Damit Sie das Kind erst einmal richtig kennen lernen können!« Das scheint ihr wirklich ein Anliegen zu sein. Da sitze ich nun also, den Wurm im Arm, schaue ihn an und überlege, wie wir uns jetzt wohl am besten kennen lernen könnten.

Bald darauf kommt jemand rein und führt uns in den Aufwachraum vom OP, dort liegt meine Freundin und kann den Kleinen endlich in den Arm nehmen, offenbar ist alles gut gegangen. Zwar taucht immer noch niemand auf, der einem das mal bestätigen würde, aber alle wirken hier sehr gelassen. Auf meine Frage nach den Ärzten werde ich verwundert angeschaut: »Die sind schon gar nicht mehr da.«

Ich frage, wie wir denn jetzt erfahren könnten, ob alles okay sei. Auch das stößt eher auf Unverständnis.

»Was soll schon sein?«, fragt die Aufwachschwester mich, »wenn irgendwas nicht in Ordnung wäre, hätte Ihnen schon jemand Bescheid gesagt. Ist ja schließlich nicht die erste Geburt, die wir hier machen«, fügt sie an, zuckt mit den Achseln und geht weg. Tja, und da hat sie ja auch irgendwie Recht. Das hier ist halt kein Ort für Sensibelchen. Hier zählt nur eins: gebären und gebären lassen. Dies ist das Virchow-Klinikum im Wedding und nicht irgendein esoterisches Geburtshaus im Prenzlauer Berg.

Die Amme kommt noch einmal rein. Das erste, was sie meiner noch halb in Narkose liegenden Freundin sagt, ist: »Es tut mir ja so leid, dass du jetzt gar nicht das ganze Geburtserlebnis hattest.«

Ich glaube ja, Hebammen haben so etwas wie einen berufsbedingten Dachschaden. Meine Freundin sieht jedenfalls nicht so aus, als sei das im Moment ihr Problem. Und, immerhin, hier im Aufwachraum, merke ich, wie auch ich langsam wieder zu Bewusstsein gelange.

Die Amme blickt mich erwartungsvoll an: »Und? Hast du euer Baby schon ein bisschen kennen lernen können?«

»Ach«, antworte ich, »ich glaube, dafür habe ich die nächsten achtzehn Jahre noch genug Zeit, oder?«

Besuch vom Jugendamt

DA HABEN WIR ABER NICHT SCHLECHT gestaunt, als wir den an uns gerichteten Brief vom Jugend- und Gesundheitsamt Wedding aus seinem Umschlag fischten, in dem die Dame vom Amt uns zur Geburt unseres Sohnes gratulierte und außerdem noch gleich ihren Antrittsbesuch bei uns ankündigte. Am nächsten Mittwoch um zehn Uhr würde sie vorbeikommen.

Sprachlos starrten wir erst auf den Zettel, dann mit vorwurfsvollem Blick auf unseren drei Monate alten Sohn. Er musste uns verpfiffen haben. Aber wie hatte er das angestellt? Und vor allem: Was hatte er denen erzählt? Dass er nicht mehr gestillt würde? Das war er doch selbst Schuld. Er war es doch, der sich bei dem Versuch, ihn ordnungsgemäß zu säugen, angestellt hatte, als wäre er der Hauptprotagonist in dem Streifen »Angriff der Monstertitten«. Und da wir ihn ja schlecht verhungern lassen konnten, bekommt er seither halt das Fläschchen.

Ein ganz normaler Vorgang, sollte man meinen. Hätte ich bis vor drei Monaten auch gedacht. Aber dann mutierten bislang unauffällige, freundliche Bekannte plötzlich zu reißenden Bestien mit Schaum vor dem Mund, nur weil wir ein Kind hatten und sie auch. Miteltern – das ist die Umkehrung, die Negation des Wortes Mitmenschen.

»Was, ihr wohnt nicht zusammen in einer Wohnung? Wie soll das denn gehen mit einem Kind?«

»Was, ihr wollt weiter im Wedding wohnen? Wie soll das denn gehen mit einem Kind?«

»Was, ihr wollt beide weiterarbeiten? Wie soll das denn gehen mit einem Kind?«

Oder alternativ, solo an meine Freundin: »Was, du setzt ein halbes Jahr mit der Arbeit aus wegen deinem Kind? Wie soll das denn gehen mit der Emanzipation?«

Jahrzehntelang kann man in Ruhe vor sich hinmachen, und plötzlich meint jeder Dösel, über unser Privatleben mitreden zu müssen, nur weil wir plötzlich Eltern geworden sind, und sich bei Kindern irgendwie jeder zuständig fühlt. Dabei scheint das Gestille einer der ganz großen Fetische der Baby-Community zu sein. Manche, denen wir von dem gescheiterten Ernährungskonzept berichteten, starrten uns an, als hätten wir von unserer Ehren-Mitgliedschaft im Pädophilenverein berichtet.

Nun ist Stillen ja zweifellos eine tolle Sache, aber es gibt nun einmal auch gute Gründe, anders vorzugehen. Da können die Nationale Stillkommission und die La-Le-Lu-Leche-Liga die Milchquoten hochsetzen, wie sie wollen. Frauen sind nun mal kein Melkvieh. Die Hebamme versuchte, meine Freundin zum Besuch eines Still-Cafés zu bewegen, weil es sich in Gemeinschaft schöner stille. Meine Freundin mag sich aber nicht völlig aufgeben, nur weil sie Mutter geworden ist, und wies dieses Ansinnen freundlich, aber bestimmt zurück. Da guckte der Gebärgeneral, als hätten wir mitgeteilt, jetzt doch noch zur Babyklappe zu gehen.

Apropos Babyklappe. Irgendeine Lösung für den Besuch der Frau vom Jugend- und Gesundheitsamt musste her, denn eine Kollision mit beiden Tätigkeitsbereichen der Behörde schien denkbar. Eins war schon mal klar: Von der Existenz *meiner* Wohnung durfte sie nichts erfahren, sonst würde sie das Kind gleich beschlagnahmen. Oder die mobile Babyklappe rufen, wer weiß. Wir überlegten, einfach eine der leerstehenden Wohnungen im Haus anzumieten, auf die Schnelle herzurichten und als unsere gemeinsame auszugeben, das wäre vermutlich immer noch weniger arbeitsintensiv, als die real existierende so weit aufzuräumen, dass man die Tante da bedenkenlos reinlassen konnte.

»Wir haben ja nicht mal einen Sterilisator für die Fläschchen!«, gab meine Freundin zu bedenken. Den hatten wir bislang für neumodischen Quatsch gehalten. Das Berliner Wasser ist sauber, einmal ordentlich spülen müsste da im Grunde auch reichen, dachten wir uns. Bekannte, denen wir das erzählten, guckten uns an, als würden wir unser Kind mit Abflusswasser säugen.

Andererseits: Die Frau kam vom Jugendamt Wedding. Die sollte eigentlich einiges gewohnt sein. Vielleicht ist das ja auch nur so eine Sonderaktion als Reaktion auf die ganzen *Spiegel*-Artikel von wegen »Ghetto« und »Verwahrlosung«, dass die jetzt überall ihre Leute vorbeischicken. Und letztlich ist dann alles gar kein Problem. Weil die Menschen im Wedding gelassen sind.

Wie neulich im *Cittipoint*. Morgens, circa zehn Uhr. Ein offenkundig aktuell wie chronisch vom Alkohol Gezeichneter stellt eine Palette *Kümmerling* sowie ein Sixpack *Schultheiss* auf das Laufband. Beim Bezahlen bildet sich eine lange Schlange hinter ihm, denn er hat große Schwierigkeiten, das Kleingeld in seinem Portmonee richtig zu identifizieren und dann auch noch zu bergen, zumal er zwischendurch immer sehr mit Hin- und Herschwanken beschäftigt ist. Teilnahmslos stehen die Menschen hinter ihm und warten. Sofern es nicht selbst ihre volle Aufmerksamkeit erfordert, das Gleichgewicht zu halten, kennen sie das Problem offenbar aus eigener Anschauung hinreichend, um hier keine Unruhe aufkommen zu lassen. Schließlich gelingt der Zahlakt, der Mann nimmt seine Sachen, entfernt sich ein paar Schritte, ändert plötzlich die Richtung, schwankt zu den Verpackungstischen mit den Mülltrennungsboxen, stellt dort sorgfältig die erworbene Ware ab, um dann anschließend seinen Kopf über den Restmüll-Mülleimer zu halten und sich dort hinein zu erbrechen. Ich hätte ja auf Biotonne getippt, aber er wird schon wissen, was er getrunken hat.

Ich beobachtete den Vorfall von der Brottheke aus, wo die Verkäuferin attestierte: »Na, immerhin noch zur Tonne gegangen und nicht auf den Boden gekotzt, das ist doch nett.«

In Friedrichshain, ich bin sicher, hätte irgend so ein aus Westdeutschland zum Studium zugezogener Szenetrottel nach überreichlichem Cocktail- und Ecstasy-Genuss in der In-Disco nachts zuvor einfach in die Halle gekotzt. Und später, wenn er sein Studium abgeschlossen hätte und wieder in Karlsruhe oder Oldenburg wohnte, würde er seinen Kumpels über seine coole Zeit in Berlin-Friedrichshain berichten, als er ja noch ein ganz wilder Typ war. Einmal, da hat er sogar einfach so in den Supermarkt gekotzt. Gott, was waren das Zeiten damals.

Dann ja doch lieber den Weddinger Gewohnheitstrinker. Da kann man zumindest sicher sein, dass der mit seinem Erbrechen nirgendwo prahlen wird.

So weit sind wir dann ja aber doch noch nicht. Realistisch betrachtet, Jugendamt hin oder her, sollten wir eigentlich nicht allzu viel zu befürchten haben. Um ganz sicherzugehen, haben wir dann doch noch einen Sterilisator gekauft. »Schadet ja schließlich auch nichts«, haben wir uns gesagt.

Die Frau vom Amt war ausgesprochen nett. So ein rustikaler Typ. Sie versorgte uns mit allerlei Tipps, an wen man sich wann und warum wenden kann. Dann hat sie ganz vorsichtig nach dem Stillen gefragt, weil es in den letzten Jahren ja so einen ideologischen Druck gebe, wenn man nicht stillen würde, dabei wäre das doch völlig in Ordnung. Wir haben sie gleich ins Herz geschlossen.

Aber dann haben wir doch noch gefragt, wie wir eigentlich zu der Ehre eines Hausbesuchs gekommen sind, ob das eine Sondermaßnahme für den sozialen Brennpunkt Wedding sei? Sie guckte uns überrascht an. Nein, früher habe es das obligatorisch in ganz Berlin gegeben. Nur seien dann eben nach und nach die Mittel gestrichen worden, und immer mehr Bezirke hätten diesen Dienst eingestellt. Nur wenige hätten das beibehalten, weil es wichtig sei und sich bewährt habe.

Schau an. Wer hätte das gedacht. Das gute alte Berlin. So war das damals. Da bekam noch jeder Bürger Besuch von seinem Sachbearbeiter vom Jugendamt. Um über alles zu sprechen. Dazu hat dieser ganze Neoliberalismus also schon geführt, dass man früher selbstverständliche Leistungen heute als krisenbedingte Sonderprogramme vermutet, weil man sich das gar nicht mehr anders vorstellen kann. Freundlich verabschiedeten wir uns.

Beim Rausgehen erblickte die Frau vom Jugendamt dann doch noch den Sterilisator, den wir eigens in Pose gerückt hatten. »Wozu brauchen Sie den denn?«, fragte sie uns verblüfft, winkte dann aber kurz ab: »Na ja, schadet ja auch nichts.«

Im Schusterjungen

DIE TRADITION VERLANGT, DASS die Auftretenden des Kantinenlesens, das wöchentlich neu zusammengemischte Gipfeltreffen der Berliner Lesebühnen, sich nach der Vorstellung in der Kneipe »Zum Schusterjungen« einfinden, eine traditionsreiche Gaststätte im Prenzlauer Berg, um noch eine Kleinigkeit zu essen – ein paar Steaks etwa oder Blutwurstteller oder gebratene Leber unter einem Berg angeschmorter Zwiebeln, so was halt – und sich vom Inhaber original berlinerisch beschimpfen zu lassen. Eine ordentliche Lache Blutwurst und ein standesgemäßes Abwatschen vom Chef – das braucht es, um nach einem umjubelten Leseabend ganz sicher zu gehen, dass man nicht eines Tages abhebt.

So auch an jenem Samstagabend. Wir waren etwas später als sonst, sicher zehn Minuten. Was wir denn glaubten, wer wir seien und was hier los wäre, usw. Ah! Sehr gut! Wir brauchen keine Domina. Wir haben ja den Schusterjungen. Ahne, Jochen Schmidt, Dan Richter und ich suhlten uns wonnig in der Schimpfkanonade. Volker Strübing, der etwas später nachkam, verpasste die erste Dosis, aber auch er sollte nicht zu kurz kommen. Als er ein *Radeberger*, einen Wodka und ein Kinderschnitzel bestellte, baute sich der Wirt zornbebend über ihm auf und brüllte: »Watt issn ditt für 'ne Bestellung!« Volker zuckte kurz, wiederholte dann leicht eingeschüchtert seine Wünsche und machte damit alles nur noch schlimmer. Dann winselte er demütig: »Ach, ich habe wieder alles falsch gemacht.« Oh ja, das hat er, dieser gottverdammte Günstling des Schicksals. Neidisch blickten wir ihn an. Einmal mehr hatte er uns hemmungslos ausgestochen, als würden ihm die üblichen Triumphe nicht mehr reichen, wie vorhin beim Bücherverkauf, als ausgerechnet er, der an dem Abend nur kassiert und gar nicht gelesen hatte, ein Buch signieren sollte. Perfide fragte er den Käufer, ob denn nicht die Autoren, die ja schließlich vorgelesen hätten, vielleicht auch unterschreiben sollten. Der Leseinteressent aber schaute glücklich auf sein Original-Volker-Strübing-Autogramm, musterte uns anschließend abschätzig, dann schien er sich durchzuringen, er konnte dem Volker einfach keinen Gefallen abschlagen.

»Na gut«, murmelte er und hielt mir das Buch vor, »dann schreib du halt auch was rein.« Ergriffen nutzte ich die Gelegenheit, meinen Namenszug neben den von Volker Strübing, dem Meister, zu setzen, man muss die Chancen, die einem das Leben bietet, immer sofort am Schopfe packen, auch Ahne zögerte keine Sekunde.

Der Abend hatte uns also glücklich gemacht. Zufrieden tranken wir unser Bier, als ein in einen seltsamen weißen Overall gekleideter junger Mann den Raum betrat. Aus den Augenwinkeln nahmen wir wahr, dass er an den anderen Plätzen viel erzählte, irgendwas auf die Tische legte und dann verkaufte.

Ob das einer dieser Sehbehinderten ist, der seine selbst gemalten Grußkarten verhökern möchte? Er kam zu uns.

»Hey, *man*, ich bin ein Musiker, der sich gegen die großen Konzerne entschieden hat und einfach sein eigenes Ding macht und auch selbst verkauft, so direktes Marketing, versteht ihr? Hey, ihr seht doch auch so aus, als wärt ihr echt coole Typen ...« – ich schaute mich kurz um, ließ die Blicke über die Kollegen streifen – anscheinend war er tatsächlich sehbehindert.

Aber egal, ich lauschte ihm weiter: »Ihr wollt das doch bestimmt unterstützen, dass ich einfach meine Musik machen kann, hey, back to the roots, ganz ehrlich, mein eigener Kram, ich will nichts verkloppen, mit dem ich nichts zu tun hab, versteht ihr?« Wir nickten. Das verstanden wir. »Und deshalb laufe ich hier durch die Kneipen, das ist doch auch viel cooler, das direkt vom Künstler zu kaufen, das gibt euch doch auch ein gutes Gefühl.«

Wir nickten. Ein sehr gutes Gefühl. Er legte ein paar CDs auf den Tisch. »Und deshalb wollt ihr doch jetzt bestimmt meine CD kaufen, das ist wirklich coole Musik. Und hey, sie kostet nur sieben Euro! Und es ist echt 'ne gute Sache, das geht voll direkt an den Künstler, ich hab das alles selbst gemacht.«

Wir waren überzeugt. Eine gute Sache. Wir blätterten das Geld auf den Tisch und nahmen jeder eine CD an uns. »Hey, ich wusste, dass ihr okay seid, ich wusste, dass euch echte Kunst, was wirklich Ehrliches, nicht egal ist!« Wir nickten.

Dann machte Ahne den Anfang. »Hey, du, icke, ick hab ooch 'n Buch jeschriem.«

»Echt? Ist ja irre! *Cool, man!* Bring das doch mal raus! Mach's wie ich, trau dich einfach!«

Ahne nickte. »Mach ick gleich, wa?!« Er kramte in seinem Rucksack. Der Musiker guckte etwas verblüfft, dann legte Ahne ihm eines seiner Bücher vor. Der Musiker schluckte. »Ey, cool, das hast du selbst geschrieben?« »Ja, klar, allet von mir. Es heißt: Wie ich einmal die Welt rettete. Kostet nur sieben Euro. Ick verkoof die ooch selbst.«

Der Musiker wand sich etwas. »Aha, und was ist da so drin in dem Buch?«

»Na, Jeschichten darüber, wie ick mal die Welt rettete!«

»Ah, cool, ey. Tja, *man*. Eigentlich, ich meine, lesen ... ach. Cool ey, klar, wenn das von dir ist, das muss ich schon machen, das ist ja voll korrekt, echt, hey, *man*!«

Er nahm das Buch und gab Ahne die sieben Euro zurück. Ich dachte, jetzt ist es an der Zeit, dass ich auch mein Buch raushole. Und vielleicht noch meine CD. Auch Jochen Schmidt und Volker Strübing begannen, in ihren Taschen zu kramen. Während wir ein Buch nach dem anderen auf den Tisch legten, riskierte ich einen kurzen Blick auf den Mann im weißen Overall, dessen anfangs dunkle Hautfarbe sich jetzt merklich seiner Kluft anpasste. Fassungslos blickte er auf den beachtlichen Merchandising-Stand, den wir in der Zwischenzeit aufgestapelt hatten.

»Ach, und dann haben wir ja auch noch das LSD-Buch«, freute Volker sich und packte noch einen weiteren Band auf den Turm. »Alles von uns«, strahlte Jochen ihn an, »alles selbst geschrieben und selbst gesungen! Direkt von den Künstlern.«

»Aber...«, stammelte der Musiker, »aber das ... ich meine ... ach, scheiße!« Er kramte in seinen Taschen, legte einen Haufen Geld auf den Tisch, steckte die Sachen ein und eilte fluchtartig davon.

Am Nachbartisch hielt ihn jemand auf: »Du, guck mal« Er hatte auch eine der CDs des Musikers vor sich liegen, »hier!« Er entrollte eine große Leinwand, auf der diverse blaue Farbtünchungen zu sehen waren, hier und da auch ein schwarzer Strich: »Echt Öl! Habe ich selbst gemalt! Ist eine ganz eigene Technik, die Farben sind mit Marmelade versetzt, das gibt diesen besonderen Schimmer, hier, siehst du?«

Der Musiker torkelte, dann riss er sich zusammen, stürzte aus dem Raum, schlug einen geschickten Haken um jemand, der vom Nachbartisch aufstand und ihm eine kleine Skulptur entgegenstreckte. »Hey, die habe ich selbst gefertigt!«, brüllte der ihm erbost hinterher – dann fiel die Tür hinter ihm zu, und wir sahen ihn durch das Fenster die Lychener Straße entlang hasten.

Eigentlich ein schönes Konzept, dachte ich versonnen, während ich auf die CD des Musikers blickte, die ich erstanden hatte. Aber vielleicht einfach nicht die richtige Gegend dafür.

Überall Unterschicht

DAS KIND KUGELT DURCHS ZIMMER und quiekt dabei. Ein bisschen merkwürdig kommt es mir immer noch vor, dass das mein Kind ist und vor allem, dass ich sein Vater bin. Gelegentlich fremdle ich da noch etwas mit der neuen, sieben Monate jungen Situation. Aber andererseits, ändern kann man da eh nichts mehr, inzwischen passt es ja nicht mehr durch die Babyklappe. Ich habe extra noch mal nachgemessen, die ist wirklich nur für ganz kleine Babys konstruiert. Die nächste Möglichkeit, das Kind dauerhaft loszuwerden, wäre wohl die Bundeswehr mit ihren Auslandseinsätzen, aber ich fürchte, bis dahin habe ich mich dann doch dran gewöhnt.

Das Kind kugelt durchs Zimmer und quiekt dabei. Kugeln kann es schon gut. Jetzt hat es einen Schrank, nun ja: gefunden. Jetzt kugelt das Kind nicht mehr. Bremsen muss es noch üben. Jetzt quiekt es auch nicht mehr, jetzt quäkt es. Na ja, etwas Abwechslung wird ihm sicher gut tun. Das ist gut für die Entwicklung. Das Kind soll es schließlich später mal besser haben. Da muss man es immerfort fördern. Ich blicke auf das am Schrank verharrende, quäkende Kind.

Andererseits: wieso eigentlich? Ich meine: Wieso soll das Kind es später mal besser haben? Ist es ihm etwa nicht gut genug hier? Was will es denn noch alles? Hätte das feine Herr Kind am Ende auch noch gern den Arsch abgeputzt, oder was? Ich schnuppere etwas – ja, das könnte schon sein. Also gut. Da wird es ihm später sicher mal besser gehen, mit der neuen Windel.

Aber mal abgesehen davon: Wieso soll es denn ausgerechnet dem Kind mal besser gehen, und nicht uns allen? Das ist doch ungerecht. Es hat doch am allerwenigsten dafür getan. Sollte der Lohn nicht vielmehr denen zukommen, die auch die Leistung erbracht haben?

In dieser merkwürdigen Unterschichtdebatte wurde immer wieder als besonders schrecklich angeführt, dass es typisch für diese abgehängten, ach was: abgelegten, wo nicht gleich in den Entsorgungscontainer geworfenen Bevölkerungsteile sei, dass diese nicht mehr das Ziel hätten, dass es ihren Kindern mal besser gehen soll. Dann bin ich wohl auch Unterschicht. Sei's drum. Mir reicht es völlig, wenn es meinem Kind gut geht. Und zwar auch nicht später irgendwann mal, sondern gerne gleich jetzt. Das ist vermutlich dann auch wieder typisch für die Unterschicht: Leben für den Moment. Das haben die anderen Schichten nicht so gern. Es wird eher erwartet, dass man keinen gesteigerten Wert darauf legt, wie es einem momentan geht und warum, sondern dass man sich gefälligst mal ein bisschen zusammenreißt, damit die Kinder es später besser haben werden. Denen dann dereinst dasselbe erzählt wird, damit die Enkel es noch später noch besser haben, die Ur-Enkel dann anschließend superduperbesser usw. Aber zieht eigentlich der Herr Ackermann die Motivation seines Tuns wirklich aus dem Willen, seinen Kindern möge es später mal besser gehen als ihm? Oder ist Herr Ackermann am Ende auch so etwas wie Unterschicht? Oder schickt er nachmittags seine Kinder heimlich zum Unterschichtsunterricht, damit aus ihnen dann vielleicht doch noch was Anständiges wird, nicht so wie bei Papa, der hat ja nur Bankmanager gelernt, der kann ja nichts anderes, so waren die Zeiten damals, da wurde man auch gar nicht groß gefragt, da musste man nehmen, was man kriegen konnte, da sollen die Kinder es später natürlich mal besser haben?

Nachdem die Unterschicht des Kindes wieder tiptop trocken und sauber ist, kugelt es weiter quietschend über den Boden. Ich weiß gar nicht genau, wieso mich alle immer gewarnt haben, es werde mit dem Krabbelalter problematisch – schon jetzt kommt es doch problemlos an alles heran. Auf dem Bauch kann es sich, einer Kompassnadel gleich, in jede beliebige Richtung drehen, und die Nadel zeigt immer genau zu dem Gegenstand, mit dem am meisten Chaos angerichtet werden kann. Der wird dann anvisiert, ein paar elegante Rollen, und schon ist das Kind am Papierstapel, am Bücherregal oder bei den CDs und verheert sein Territorium.

Wie gut, dass ich vor der Geburt nicht noch aufgeräumt habe, wie ich erst vorhatte, das wäre ja doch vergebens gewesen. Das Kind wälzt sich jedenfalls mit Wonne in der Unterschicht meiner Wohnung und legt alles in Schutt und Asche. Und steckt alles in den Mund. Egal, ob millimeterdicke Staubschichten, eigenartige Verkrustungen oder Krümelanhäufungen – alles, alles schleckt es auf und ab und strahlt einen dann begeistert an. Aber das Wasser fürs Fläschchen kochen wir ab und die Fläschchen sterilisieren wir, wegen der Mikroben. Meine Güte, was erwachsene Menschen alles mit sich machen lassen.

Gerade hat das Kind erfolgreich die Unterschicht eines besonders großen Papierstapels herausgezogen und diesen dadurch zum Einsturz gebracht, da reicht es mir. Ab in den Kinderwagen, raus auf die Straße. Da gibt's genug Unterschicht, die ist ja hier zu Hause, und dazu noch frische Luft.

So geselle ich mich zu den anderen Eltern, die mit ihren Kindern mit dem Argument der »frischen Luft« über die Hauptverkehrsstraßen schuckeln. Meine Güte, was erwachsene Menschen ... Ich setze mich auf den Leopoldplatz und hole den Kleinen aus seinem Wagen, damit er sich ein bisschen umgucken kann. Das Kind strahlt alle an, egal ob Unter- oder sonstwelche Schicht, und alle, die noch in der Lage sind, das zu registrieren, gucken im Rahmen ihrer Möglichkeiten freundlich zurück. Das ist das eigentliche Wunder an Kindern. Egal ob Jugendgang,

Säufer, grantelige Omas oder Gemüsehändler, ja, selbst gebürtige Berliner: Sobald das Kind die Leute anstrahlt, lächeln sie zurück. Ich fürchte, der Kleine bekommt einen grundfalschen Eindruck von der Stadt.

Die Mehrheit der Menschen hier bringt irgendwie ihren Tag herum, sofern sie nicht ihrer Hauptbeschäftigung nachgeht, nämlich ihren Hartz-IV-Status zu verteidigen. Die Unsere-Kinder-sollen-es-mal-besser-haben-Apologeten sind bestimmt auch die, die sich am heftigsten gegen ein bedingungsloses Grundeinkommen wehren. Mit dem Argument, dass es dazu verleite, keine reguläre Arbeit anzunehmen, was dazu führe, dass immer mehr in die Unterschicht abgleiten, weil der Mensch nun einmal einen sinnvollen Beruf brauche. Und das sagen dann allen Ernstes Menschen, die Werbetexte schreiben, Beratungsgespräche bei Banken anbieten oder USB-Staubsauger erfinden. Am heftigsten wehrt sich natürlich die geistige Unterschicht, die Gewerkschaften. Die haben das nämlich mit der Muttermilch aufgesogen: Arbeite hart, egal was und wofür, dann hat dein Leben schon irgendwie einen Sinn und deinen Kindern wird es mal besser gehen. Und dann organisieren sie ohne mit der Wimper zu zucken Protestmärsche, damit z.B. Arbeitsplätze im Bergbau erhalten bleiben, die pro Arbeiter mehr kosten, als wenn man den Leuten sagen würde: Jungs, bleibt einfach in Ruhe zu Hause, kümmert euch um eure Kinder, spielt mit ihnen, dann geht es ihnen jetzt schon besser und nicht irgendwann mal, wenn ihr euch kaputt gearbeitet habt.

Auf dem Rückweg kaufe ich beim Fleischer etwas Schinken – sozusagen geräucherte Unterschicht vom Schwein –, dazu noch Brötchen. Mir soll es nämlich jetzt schon besser gehen. Ich fang gleich damit an.

Die geschundenen Kinder vom Prenzlauer Berg

MEIN EINJÄHRIGER SOHN WILKO hat sich bei seinen ungelenken Versuchen, das Laufen zu erlernen, ordentlich aufs Maul gelegt, d.h. er hat seinen Kopf im Sturz schön auf eine Rahmenstange seines Kinderwagens geschmettert, sodass er jetzt ein sauberes blaues Auge durch die Gegend trägt. Da er ohnehin recht kräftig ist für sein Alter, sieht er jetzt schon aus wie ein echter Weddinger Schläger. Super, denke ich, das ist die Gelegenheit, endlich mal wieder den Kollegen Bov Bjerg im Prenzlauer Berg zu besuchen. Ich kämpfe mich von der Straßenbahnhaltestelle die Schönhauser Allee hinunter durch die Kolonnen anderer Kinderwagen, die von Kommunikationsdesignern, Medientherapeuten und Producercontrolern jeden Geschlechts durch die Gegend geschoben werden. Leider fehlt diesen Buggys ja ein Blinker, sodass ich leichte Schwierigkeiten habe, an Bovs Haus rechtzeitig die Spur zu wechseln und in die Einfahrt abzubiegen. Fast werde ich im Strom der hinter mir drängenden Kinderwagen weiter bergab getrieben, aber irgendwie schaffe ich es dann doch, mich durchzuschlagen.

Später beschließen wir einen Gang auf den Spielplatz. Wir finden einen Kinderwagenparkplatz in der zweiten Reihe, setzen die Kröten in den Sand und uns an den Rand und senken damit den Hipness-Grad der gut bevölkerten Anlage sicherlich um die Hälfte, misstrauisch beäugt von den Elternpraktikanten ringsum. Die skeptischen Blicke weichen nacktem Entsetzen, als ich ein

Hipp-Gläschen heraushole und Wilko damit füttere. Fertignahrung! Mitten im Prenzlauer Berg! Einige Väter halten ihren Kindern schnell die Augen zu, Mütter zücken rasch ihre biodynamischen selbstgekochten Tupperdosen, als könnten sie den bösen industriellen Geist damit zurück in die Flasche respektive ins Schraubverschlussglas drängen. Jetzt habe ich die Aufmerksamkeit, die ich brauche.

»Siehst du, Wilko«, erhebe ich meine Stimme, und der Kleine guckt mich aus einem großen und einem blauen Auge staunend an, »das hier sind bald deine Spielkameraden, die müssen nämlich demnächst alle zu uns in den Wedding auf die Grundschule.« Nackte Panik steigt in die Gesichter der Prenzlauerberger. Wilko macht dazu einmal »Buh!«, und einige Prenzlbabys fangen an zu weinen. Denn die Angst geht um im Prenzlauer Berg. Bürgerinitiativen werden gegründet, am Kollwitzplatz werden Demos veranstaltet, beim Verwaltungsgericht stapeln sich die Klagen: Da die Stadt Berlin sich aus unerfindlichen Gründen weigert, neben jede Agglomeration von mehr als drei Latte-Macchiato-Straßencafés auch gleich eine Grundschule zu bauen, um diese später wieder wegzusprengen, wenn dann das nächste Viertel das neue schicke Ding ist, kann jetzt nicht mehr jedes Kind in die nächstgelegene Schule. In die *gute* nächstgelegene Schule im *eigenen* Kiez, mit musikalischer oder ausdruckstänzerischer oder gestaltpoetischer Ausrichtung, um noch mehr sinnlose Kreative heran zu züchten, die sich dann achtzehn Jahre später um die Praktikumsplätze prügeln dürfen. In die *gute* nächstgelegene Schule im *eigenen* Kiez, mit netten Eltern und netten Kindern und nicht diesen fiesen Ostprolls von jenseits der Prenzlauer Allee oder, Gott bewahre, gar Ausländern wie im Wedding. Dafür sind sie schließlich nicht aus ihren Nestern bei Braunschweig oder Tübingen oder Tuttlingen hierher gezogen, um jetzt ihren kostbaren Kreativnachwuchs mit den Ghettogören der Nachbarbezirke zu konfrontieren, nein, da stellen sie sich lieber vor die Kollwitz-Statue und halten mit medial geübtem Topcheckerlächeln Schilder in die Kameras der Lokalpresse mit Aufschriften wie »Kurze Wege für Kurze«. Aufrüttelnde Berichte und Reportagen über diese Menschenrechtsverletzung erster Güte sind die Folge.

Im Lokalfernsehen dräut der Moderator: »Felix ist fünf und soll dieses Jahr in die Schule. Und zwar in die gegenüber. Wenn er aus seinem Kinderzimmerfenster schaut, sieht er sie – seine Thomas-Mann-Grundschule.«

Mit großen, traurigen Kinderaugen guckt der kleine Felix aus seinem Fenster auf die Thomas-Mann-Grundschule, wir fürchten das Schlimmste, und der Kommentar bestätigt im nächsten Moment unsere düsteren Ahnungen: »Doch Felix muss draußen bleiben.« Wobei »draußen bleiben« hier bedeutet, dass er in einem Umkreis von 1,8 km auf eine andere Schule muss. Eine Entfernung, bei der viele junge Eltern bei Braunschweig oder Tuttlingen oder Tübingen sich freudig in die Hände klatschen würden. Im Prenzlauer Berg aber ist das nicht nur weit weg, nein: »darüber hinaus schätzen seine Eltern die Thomas-Mann-Grundschule, weil sie musikalisch/künstlerisch ausgerichtet ist. Das entspricht den Stärken ihres Sohnes.« Kein Einzelschicksal. Denn alle Kinder rund um den Kollwitzplatz haben ausgeprägte musikalisch/künstlerische Stärken. Sie sind sensible Pflänzchen, die dringend der individuellen Förderung in nach Feng-Shui ausgerichteten Klassenzimmern bedürfen, um richtig gedeihen zu können. So liest man in praktisch jeder Zeitung Berlins dramatische Berichte über die »fünfjährige Josephine, die begeistert Klavier spielt«, »den kleinen Torben, der in seinem Kinderzimmer andächtig auf seiner Altblockflöte eine Sonate in F-Dur intoniert« oder die »fröhliche Anna, die am liebsten mit ihren Freundinnen im Chor singt.« All ihren Müttern und Vätern war noch »bis vor wenigen Tagen immer klar«, dass Josephine/Torben/Anna die Thomas-Mann-Grundschule besuchen würden, denn an der hat sie »vor allem die musikalisch-künstlerische Ausrichtung überzeugt«.

Dreißig der angehenden Deportationsopfer sollen nun per Losentscheid von der Thomas-Mann-Schule in die »Grundschule am Planetarium«, wo es doch aber nur Sport und Computer gibt. Da sind jedoch die Eltern vom Prenzlauer Berg vor, die sich jetzt gegen die Schulbehörden in Stellung bringen. Ich staune nicht schlecht, als ich auf dem Rückweg von Bov am Kollwitzplatz durch eine regelrechte Demonstration schlendere. Ein Vater im schwarzen Anzug mit neongrüner Krawatte bringt es auf den Punkt: »Die verstehen da bei der Schulbehörde einfach nicht, dass die jetzt Akademiker vor sich haben!«

Berlinweite Zwangsverlosung, durchzuckt mich ein Impuls, das wäre die einzig angemessene Reaktion darauf. Damit diese bedauernswerten Designerkinder die Chance haben, auch mal was von der richtigen Welt da draußen zu sehen. Und vielleicht dann doch mal was Vernünftiges lernen. Und gleichzeitig muss dringend eine Pflichtmigrantenquote von mindestens vierzig Prozent an Prenzlauerbergschulen eingeführt werden. Dann gibt's demnächst auch Erkan oder Tarkan statt Bach oder Baez. Das kann eigentlich nur zum Besseren gereichen.

Müllerstraßenfest

WEIL ES SONNTAG IST UND WEIL es Sommer ist und weil wir ja jetzt eine richtige Familie sind, wollen meine Freundin und ich mit unserem einjährigen Sohn gemeinsam eine Unternehmung machen. Denn so ist es Brauch, und so soll es sein. Da erweist es sich für unseren Sommersonntagsfamilienausflug als ausgesprochen praktisch, dass direkt vor unserer Haustür das Müllerstraßenfest tobt. Meine Freundin zweifelt kurz, ob sie noch einmal in ihre Wohnung nach oben solle, da sie nur etwas schäbige Sandalen an habe. »Aber wir wollen doch aufs Müllerstraßenfest!«, sage ich, und beide lachen wir ausgelassen. Also setzen wir den Kleinen in den Kinderwagen und rollen los. Die Plakate an den Bushaltestellen und Litfasssäulen mit ihren »H&M«- und »Calvin Klein«-Models bilden einen absurden Kontrast zu den Menschen, die über die abgesperrte Müllerstraße rumpeln, humpeln und torkeln. So ähnlich müssen Werbespots für die neue Mercedes-S-Klasse in Somalia wirken. Aber niemand hier stört sich an dem offenkundigen Missverhältnis. Auf dem Mullerstraßenfest laufen alle Menschen so herum, wie Gott oder Allah, *Schultheiss* oder *Jägermeister*, die Arbeitslosigkeit oder der prügelnde Ehemann sie gemacht haben. Hier gibt es keine falsche Scham. Wie gut, dass ich unlängst mit dem Fuß umgeknickt bin und daher noch etwas hinke und dass ich ein etwas zu enges T-Shirt erwischt habe, dass meinen mächtigen Leib angemessen in Szene setzt, so falle ich hier nicht unangenehm auf. Denn nichts läge dem Müllerstraßenfestbesucher ferner, als seine körperlichen Makel zu verbergen. Nein, hier wird bauchfrei getragen von Frauen, für die das ganze Vanity-Fair-Pack vermutlich die Burka herbeisehnen würde, hier werden Nylonstoffe über die Gliedmaßen gezwungen, die jede Krampfader ebenso zur Geltung kommen lassen wie den Slip und den Schnitt der Schamhaarfrisur – wozu betreibt man den Aufwand denn schließlich?

Wir schieben uns zwischen den Ständen hindurch, die sich in wenige Kategorien einteilen lassen. Die meisten bieten Textilien aller Art an, vom Tanga bis zur Hose, von der Bluse bis zur Handtasche, und es gibt alles in drei Sorten, nämlich: 1 €, 3 € und 5 €. Bergeweise Wäsche, hier könnte der ganze Wedding sich einkleiden, ach was, ich Idiot: Hier kleidet der ganze Wedding sich ein. Natürlich. Hier reichen auch die Witwenrente und das Hartz-IV-Budget für eine neue Komplettausstattung, und die Menschen machen reichlich Gebrauch davon, quer durch alle Altersklassen und Nationalitäten. Die meisten der Textilanbieter locken mit den Werbeschildern »Sonderverkauf«, »Aktionspreise« oder »Fabrikverkauf«. Ein arabischer Händler preist seine 3-€-Hosen und 1-€-Tops als »Restposten aus Paris« an und verhandelt zeitgleich über Mengenrabatte mit einer Weddinger Oma am Rollwägelchen und einer Schwarzafrikanerin mit autoreifengroßen Ohrringen. Einige Anbieter haben sich spezialisiert, z.B. auf Bedarf für Nervensägen mit »südländischem Aussehen«.

Hier also haben die den ganzen Kram her, denke ich fasziniert, als ich meinen Blick über die Auslagen streifen lasse, mit den Goldkettchen, den silbernen Gürtelschnallen und den weißen oder roséfarbenen Stoffhosen und Hemden, die, wie Kollege Hinark Husen treffend bemerkte, würden sie von deutschen Männern getragen, auf 100 m Entfernung klar signalisierten: »Achtung! Ich bin schwul!« Ob es da manchmal zu kulturellen Missverständnissen kommt?

Noch weitere Stände sorgen für eine kurzfristige ethnische oder kulturelle Aufteilung des Publikums: Es gibt solche mit Orientkitsch für türkisch-arabische Einkäufer, mit blauen Stoffreliefen, auf denen schwer verschnörkelte goldene Boote zwischen noch schwerer verschnörkelten goldenen Bilderrahmen schippern, ebenso wie ausladend verzierte Teekannen samt Gläsern in Silberblattgestellen. Es gibt Stände mit Western-Krempel aller Art, mit Lederfransengürteln und Lederfransenjacken und Lederfransenhüten, also alles für den Weddinger Ureinwohner, gleich daneben Holzprodukte mit nativem Humor, etwa Tafeln zum Aufhängen mit Sprüchen wie »Wer sich über Schwiegermutter beschwert, muss sie mitnehmen«, Holzkleiderbügeln mit Aufschriften wie: »50 Jahre – kein Grund zum Aufhängen« und riesigen Flaschenöffnern mit motivierenden Inschriften à la: »Der Rücken schmerzt, die Füße stinken, drum lass uns noch ein Bierchen trinken.« Am Stand direkt daneben liegt eine ganze Galerie mit Bollywoodfilmen und sorgt für lebhaften Umsatz beim indisch-pakistanischen Publikum. Aber die Separierung dauert nur für den Moment des kurzen Inspizierens der Angebote dieser Themenstände, danach gliedern alle sich wieder umgehend ein in den Weddingmenschenstrom, der sich im langsamen Trott über die Müllerstraße schiebt.

An den Fressständen ein ähnliches Bild: Crepes, Zuckerwatte, merkwürdig zäh-körnige, von Maschinen permanent durchgewalgte Getränke in Pupillenkrätze verursachenden Neonfarben für alle, Schweinekamm für die Deutschen, irgendwelche Körner und Sämereien für das orientalische Publikum und die Sittiche der Weddinger Witwen, nur die Schwarzafrikaner haben klugerweise selbst geschmierte Stullen dabei. Dazwischen jede Menge Vergnügungsstände: Kinderkarussells, deren fröhlich quiekende vielfarbige Besatzungen jedem dieser »die multikulturelle Gesellschaft ist gescheitert«-Idioten nächtelange Albträume bescheren müssen; in ohrenbetäubender Lautstärke Jean-Michel Jarre und Xavier Naidoo trötende Glaskästen, aus denen man mit einem ferngesteuerten Greifer versuchen kann, hässliche Stofftiere zu bergen; eine kleine Manege, auf der pferdegebissige Mädchen mit strahlenden Gesichtern und feuchten Augen von stoisch trottenden Ponys um das Rund getragen werden, angeführt von einer vielleicht 17-jährigen Punkerin, angepeitscht in der Mitte von einem Endfünfziger-Urberliner mit entsprechenden landestypischen Lautäußerungen wie: »Lieber Kunde, letzte Runde!«

Besonders fasziniert mich eine sehr waghalsig aussehende Konstruktion mit Trampolinboden und darüber gespannter Stahlspinne, in der Kinder an Gummitauen festgebunden und dann nach oben geschossen werden, was entweder den Kindern oder den älteren Geschwistern, die am Rand stehen und zugucken, viel Spaß macht. Daneben ein großer Drahtverhau, an dessen einem Ende ein Fußballtor mit einem türkischen Fußballtorwart steht, und ähnlich wie beim Dosenwerfen oder Luftgewehrschießen darf man mit Fußbällen auf das Tor ballern, und wenn man trifft, gibt es einen Preis. Da der Torwart aber sehr geübt ist, dürfte das Auszahlungsrisiko gering sein.

Wir beobachten das Treiben eine Weile – hin und wieder lässt er ganz offensichtlich absichtlich den Ball eines kleinen Jungen durch, der mit in höchster Anspannung verzerrtem Gesicht und fieberhaftem Gesichtsausdruck wieder und wieder antritt. Dem Jungen hat er damit ohne Frage den Tag, wenn nicht gar die Woche vergoldet, freudestrahlend und glückstaumelig presst er die stoffene Deutschlandfahne an sich, die es als Preis gibt. Dann kommt eine Truppe leicht pöbeliger und offensichtlich siegesgewisser deutsch-subproletarischer Mittzwanziger, die mit maximaler Kraft drauf los dreschen. Aber überlegen grinsend und ohne die geringste Mühe hält der Torwart die Bälle mit spielerischer Leichtigkeit einen nach dem anderen, und nachdem auch der letzte Schuss versemmelt ist, überreicht der Mann an der Kasse, ein älterer Türke mit schlohweißen Haaren, sehr höflich und mit kaum wahrnehmbar freundlich-spöttischem Lächeln jedem der Postadoleszenten einen Aufkleber mit einem schwarz-rot-goldenen Herzchen drauf.

Und dann wird man flugs wieder in die Weddinger Wirklichkeit zurückgeholt. Ausgerechnet an der Losbude, »Helfen Sie Ihrem Glück auf die Sprünge«, verspricht das Schild, und der zugehörige Losverkäufer bringt es verkürzend wie präzisierend per Lautsprecher unter das Volk: »Hier! Kommen Sie her! Jede Niete gewinnt! Gewinnen auch Sie!« Die Leute schauen interessiert auf. Niemand fühlt sich beleidigt.

Auch Musik gibt es auf dem Müllerstraßenfest, und zwar an drei maximal entfernt voneinander liegenden Ecken je eine Indianer-Combo. Alle drei sehen irgendwie gleich aus und führen in vollem Federschmuck schamanische Blockflötenmusik auf. Sie arbeiten bemerkenswert professionell, die Show ist detailliert einstudiert, und eine leicht verwirrt wirkende blonde junge Frau, die begeistert mitwippt, sucht zu jedem Stück aus einem großen Stapel die passende CD heraus, hüpft tanzend zwischen den am Rande stehenden Zuschauern umher und preist den Tonträger auf diese Weise an. Merkwürdigerweise ist es bei allen drei Indianercombos eine irgendwie gleich aussehende blonde CD-Frau; noch merkwürdiger ist, dass alle drei Combos komplett aus südamerikanischen Indígenas bestehen, und jetzt fällt es mir schlagartig ein: Natürlich, das sind die ganzen Urubamba-Peru-Panflöten-Truppen, die früher in jeder Fußgängerzone und vor jedem Karstadt standen, die offenkundig in der Zwischenzeit auf nordamerikanische Totempfahl-Tänze umgeschult worden sind.

Räumlich wie akustisch getrennt sind die Friedenspfeifen nur durch die große Livebühne im Zentrum des Geschehens, direkt vor dem Rathaus Wedding. Auf dem Platz sind Biertische und -bänke aufgebaut, reichlich besetzt mit erschöpften Müllerstraßenfestflanierern, die hier erst einmal ihren Morgenfrühschoppen im gleißenden Sonnenschein einnehmen. Wir finden noch ein freies Plätzchen an einem Tisch, auf den gelehnt sonst nur noch ein Besoffener ein Nickerchen macht. Fasziniert lauscht Wilko den Darbietungen auf der Bühne. Dort spielt das Duo des musikalischen Grauens: eine Mittvierzigerfrau in weißem Rüschenkleid und schwarzem Faltenrock singt, ein etwas älterer Gitarrist steht daneben und zupft, ansonsten kommt Synthesizer-Musik vom Band. Niemand interessiert sich für die Mischung aus Evergreens, Traditionals und ganz viel deutschen Schlagern, alle sitzen apathisch und teilnahmslos an ihren Tischen und blinzeln in der Sonne auf ihre Bierhumpen. Die beiden Musiker ziehen, sichtlich gequält, ihr Programm durch, und ich lasse mich überwältigen von der Aura der abgrundtiefen Traurigkeit, die von dieser Bühne ausgeht.

Sie singen und spielen da, weil der Veranstalter sich gesagt hat, so ein richtiges Straßenfest, das braucht auch eine richtige Showbühne mit richtiger Live-Musik. Die will zwar niemand hören, erst recht nicht im Wedding sonntagmittags um 12 Uhr, aber sonst wäre es ja kein richtiges Straßenfest. Und so steht also die Sängerin auf der Bühne, sehr unmotiviert tänzelnde Bewegungen antäuschend zu laut wummernder Stimmungsmusik vom Band, dabei immer wieder verstohlen abwechselnd auf ihr Textblatt und die Uhr blickend, während der Gitarrist nur mühsam verhindern kann, einfach im Stehen einzuschlafen. Vielleicht war seine Samstagnacht sehr lang, vielleicht hat er irgendwo *richtig* Musik gemacht, aber er braucht halt die Kohle, er hatte mal einen Traum, er wollte von der Musik leben, und nun lebt er eben von der Musik, da spielen sie jetzt halt auf dem Müllerstraßenfest. Dabei werden sie komplett ignoriert, und nicht einmal am Ende eines Liedes schaut jemand im Publikum kurz auf, obwohl die Rüschenfrau nach jedem Song »Danke« sagt. Danke – wofür? Fürs nicht von der Bühne prügeln? Fürs gnädige Ignorieren der grauenhaften Darbietung? Danke für jeden neuen Morgen?

Ein geistig Behinderter tritt plötzlich vor die Bühne, tanzt fröhlich mit und klatscht enthusiastisch nach jedem Lied, was Wilko wiederum motiviert, mit begeistertem Händeklatschen einzufallen. Ich überlege kurz, ob das die Musiker freuen wird oder eher nicht, aber ihr Gesichtsausdruck ist eindeutig und wirkt alles andere als freundlich. Idioten, denke ich, aber sie erleiden ja eh schon ihre gerechte Strafe, was will man da noch mehr. Fast genüsslich betrachte ich die Szenerie: rechts und links ein bunt gemischter Menschenstrom, der sich vorbeischiebt und keinerlei Notiz nimmt von dem Geschehen auf dem großen Platz in der Mitte. Dortselbst etwa hundert schweigsame Weddinger, die meisten mit dickem Kopf, einige vielleicht auch noch von der Nacht übrig geblieben, auf jeden Fall aber von ihr gezeichnet, die vor ihren Bierkrügen sitzen und sich freuen, dass die Musik so laut ist, dass man auch gar nicht reden könnte, selbst wenn man wollte. Niemand reagiert auf irgendwas. Nur ein Behinderter und ein Baby klatschen fröhlich und hüpfen und zucken exstatisch.

»*Du hast mich 1000 Mal belogen / Du hast mich 1000 Mal verletzt*«, trällert das Rüschenhemd nun, vielleicht ein Versuch der Anbiederung an das Publikum, und das lässt unseren Banknachbarn kurz aus seinem Schlaf aufschrecken und den Kopf von der Tischplatte heben, »*Du hast mich 1000 Mal belogen, Du hast mich 1000 Mal verletzt / Ich bin mit Dir so hoch geflogen / doch der Himmel war besetzt*«. Da reckt unser Tischschläfer kurz die Faust in den Himmel, gibt einen undefinierbaren, grunzenden Laut von sich, dann sackt er wieder in sich zusammen. Wie eine menschliche Music-Box spult das Duo weiter sein Programm ab, jetzt wird es auch dem Behinderten zu doof, vermutlich enttäuscht von der offensichtlichen Ablehnung, die ihm von der Bühne entgegenschlägt, ruft er völlig zu Recht im Weggehen laut:

»Aufhören! Aufhören!« Aber auch das wird leider von niemand zur Kenntnis genommen, und als dann endlich die volle Stunde naht und die vertraglich fixierte Zeit abgelaufen ist, entblödet die Rüschenfrau sich tatsächlich nicht, zum Abschluss zu sagen: »Vielen Dank, Sie waren ein tolles Publikum, uns hat es einen Riesenspaß gemacht! Weiterhin beste Unterhaltung hier auf Ihrem Müllerstraßenfest!« Vielleicht steht der Satz aber auch im Vertrag.

Unser Bedarf an Milieustudie ist zwischenzeitlich jedenfalls gedeckt, wir machen uns auf den Rückweg, nicht ohne zur Wahrung unserer kulturellen Identität noch einen Schweinekamm mit Senf im Brot zu kaufen. Mühsam kämpfen wir uns durch die Menschentraube, die sich um die Indianerimitat-Indios gebildet hat, dann haben wir die Seestraße erreicht und gehen zurück nach Hause. Für heute soll es mal reichen. Aber im August, da ist wieder Müllerstraßenfest. Und alle werden sie wieder da sein. Wir auch.

Frühstück mit Mutter

MÜNSTER, SAMSTAGMORGEN. Ich sitze noch schlaftrunken mit meiner Mutter beim Frühstück, als das Telefon klingelt, das neben ihrem Eierbecher liegt.

»Werning!«, meldet sie sich fröhlich und hält das Gerät mit einer Hand, während sie mit der anderen versucht, das Eiweiß aus der Schale zu porkeln, »ach, hallo Clementine!«.

Oha, Clementine. Damit nimmt das Frühstück eine entscheidende Wendung, das ist mir sofort klar. Wenigstens würde ich jetzt meine Ruhe haben vor der morgendlichen Hyperaktivität meiner Mutter, die sie so gar nicht vererbt hat. Ich widme mich also den *Westfälischen Nachrichten*. Ich angle sie vom Platz meiner Mutter, die sich schon vor meinem Erscheinen am Tisch ihrer Lieblingslektüre, dem Studium der Todesanzeigen, gewidmet hat.

»Wieso ›*wieder gut*‹?«, höre ich, während ich versuche, die Zeitung zu lesen.

»Na, sag mal ... Mach keinen Quatsch, ich habe gerade kein Geld für ‘nen Kranz über!«

Aus dem Hörer dringt schepperndes Gelächter.

»Na, du weißt ja, wie schnell das geht! Wieso bist du denn nicht eher zum Arzt gegangen!«, wirft sie ihrer Freundin vor, als ob sie selbst es nicht wäre, die sich jedem Arztbesuch beharrlich verweigert.

Während ich mir Kaffee eingieße, höre ich: »Blut verloren? Du, wie bei der Maria hier aus der Nachbarschaft! Die hatte auch jeden Morgen so einen dünnflüssigen, schwarzen Auswurf!« Ich blicke versonnen auf die dampfende Tasse und die Todesanzeigen. »Ja, die ist auch nie zum Arzt gegangen, und dann ging's ruckzuck!«

»Ja, hast ja Recht! Das spart den Blagen die ganzen Kosten.«

Lautes Gelächter aus Mund und Hörer, ich lächle etwas gequält.

»Aber sach mal, was war denn?«, erkundigt sie sich nun, während ich im Lokalteil die neuesten Diskussionsbeiträge überfliege, wie man vor dem Münsteraner Bahnhof der abgestellten Fahrräder Herr werden könnte, und dabei mein Brötchen mit Marmelade bestreiche.

»Nee, echt, so viel Blut hast du verloren? Wie beim Fritz letztes Jahr. Na, mit dem war's dann ja auch schnell vorbei.« Beide lachen.

»Was war's denn? 'Ne innere oder 'ne äußere Hämorrhoide?«

Ich beiße herzhaft in mein Marmeladenbrot, wische mir anschließend den Mund ab und schaue versonnen auf die Fruchtgeleereste an meinem Finger.

»Ja, nee, das ist ja auch ne Sauerei, das kriegt man ja kaum wieder rausgewaschen!«

Meine Mutter versucht derweil, sich Schinken aufs Brot zu bugsieren. Sie lässt ihn sich immer hauchdünn schneiden, das schmeckt sehr gut, ist aber ein ziemliches Gepule, um die Molekülschichten dann irgendwie aufs Brötchen zu bekommen. Ihr Finger schiebt sich zwischen das Fleisch, während sie laut in den Hörer trompetet:

»Echt? Fingerdick? Und die haben sie richtig verödet?«

»Ach ja, und so ein Abszess, den haben sie auch gleich rausgeschnitten?« Der Schinken baumelt jetzt über ihrem Zeigefinger, sie wirft ihn aufs Brötchen.

»Du, weißte noch, bei Ingrid? Da haben sie ja so'n faustgroßen Abszess ...«

Ich löffle in meinem Ei.

»Ach nee, hast Recht, das war ja an der Gebärmutter. Ja, is auch nicht schön!«

Irgendwas prustet im Hörer, jetzt lacht auch meine

Mutter auf: »Nee, hast Recht, die brauchen wir ja wirklich nicht mehr!« Lautes Gelächter.

»Ja, die Ingrid hätte die ohnehin nicht gebraucht. Die geht ja wohl ungeöffnet wieder zurück!« Noch lauteres Gelächter.

Ich löffle weiter mein Ei, es ist nicht ganz durch, ein Teil des Eiweißes ist noch flüssig und schwappt mir vom Löffel.

»Ja, bei Gerda war das ja ganz vereitert, da mussten sie alles ausräumen!«

Ich versuche, den runtertropfenden Eiweißfaden mit dem Mund aufzufangen, das Eigelb tropft dabei vom Löffel. Ich schlürfe alles auf, während meine Mutter ruft:

»Ich muss mal Schluss machen, wir sitzen hier noch beim Frühstück! Ich ruf dich nachher noch mal an, okay?«

Sie drückt den roten Knopf, legt den Hörer auf den Tisch und sagt mir: »Die Clementine! Die war im Krankenhaus! Der haben sie zentimeterlange Hämorrhoiden entfernt!«

»Scheint sich ja ganz gut erholt zu haben«, knurre ich.

»Ja, aber sie hat ganz schön viel Blut verloren!« Sie blickt auf ihre zweite Brötchenhälfte. »Ach, da fällt mir ein, ich hab ja noch Blutwurst da ...« Sie geht zum Kühl schrank: »Willst du auch ‘ne Scheibe?«

Ich blicke sie kurz an und stelle mir eine vergleichbare Szene beim Brunch in irgendeinem trendigen Szenelokal im Friedrichshain, Prenzlauer Berg oder Mitte vor, und mit einem Mal fühle ich mich sehr wohlig und heimelig hier am Frühstückstisch, im robusten Westfalen.

»Ach ja, gib mal her«, antworte ich beschwingt.

Epilog

Deutschland privat

1991, Berlin-Wedding, Seestraße 22:
Ich sitze auf heißen Kohlen. Ich erwarte einen Brief. Einen wichtigen Brief. Bereits zum dritten Mal laufe ich runter zum Briefkasten, und erneut schleiche ich anschließend enttäuscht die drei Stockwerke wieder hoch. Um 16 Uhr gebe ich auf; ich muss noch los. Auf dem Weg zur U-Bahn erblicke ich vier Post-Fahrräder vor *Getränke Hoffman's*. Mein vager Verdacht bestätigt sich: Mein Postbote plaudert mit seinen Kollegen an einem Stehtisch, vor sich eine Flasche *Jägermeister*. Ich klaube mir meine Briefe selbst aus der Satteltasche, stoße noch kurz mit dem Briefträger an und mache mich dann auf. Na also, geht doch.

2007, Berlin-Wedding, Seestraße 101:
Es klingelt. Die machen mich völlig fertig mit ihrem ganzen Privatisierungswahnsinn. Wenn das so weitergeht, werde ich bald einen Pförtner einstellen müssen, der diese ganzen Zusteller abfertigt. Alle paar Minuten klingelt irgendein Irrer von irgendeinem Zustellunternehmen und überschwallt einen mit diesem Höflichkeits-Gute-

Laune-Terror, den sie ihm wahrscheinlich in monatelangem Drill unauslöschlich in einem brandenburgischen Internierungslager unter die Großhirnlappen gebrannt haben. Floskelzombies mit eingebauten Sprachfragmenten, die wie kleine Aufziehhäschen vor meiner Tür herumspringen und von mir verlangen, dass ich freundlicherweise den Empfang quittieren solle, mit einem Plastikstift, der überhaupt nicht schreiben kann, auf einem Glasbildschirm, auf dem man auch überhaupt nicht schreiben kann, und so hinterlässt man irgendetwas, das niemand lesen kann und das auch niemand je wieder für irgendetwas gebrauchen wird, und kaum hat man die Tür hinter sich zugemacht, klingelt der nächste Mitbewerber mit seinem debilen, festgetackerten Grinsen und hält mir noch einen Brief unter die Nase.

Wenn‘s nach mir ginge: Alle verstaatlichen! Sofort! Kein Mensch braucht mehrere Posts, Posten, Posti, wasweißich, es gibt nicht mal einen Plural dafür, so tief drin ist es im Menschen, dass er nur eine einzige Post braucht, *die* Post eben, nicht zwei dutzend Paketdienstleister in lächerlichen Uniformen. Mir doch egal, ob das Arbeitsplätze sind. In der *Zwitscherklause* sind noch Plätze am Tresen frei. Oder meinetwegen, wenn sie denn unbedingt wollen, alle einstellen und wie früher hinter den Schaltern absetzen. Da sind sie genau so sinnlos, aber müssen wenigstens nicht mit Panzerwagen durch die Straßen tuckern und die Radwege zustellen, sondern können schön missmutig hinter ihrem Schreibtisch sitzen und Briefmarken nach einem einzigen Gebührensystem verkaufen, mein Gott, wer will hundert Tarife vergleichen, bevor er ein Päckchen verschickt? Ich will meinen alten, griesgrämigen, schlurfigen Briefträger wieder haben, keine hyperaktiven Fröhlichkeitsbolde in Grün oder Weinrot.

2024, Berlin-Wedding, Seestraße 101

Der Wecker piepst. Müde schlurfe ich aus meinem Zimmer. Mein Pförtner sagt, die ersten drei Postsendungen seien schon eingetroffen und lägen auf dem Frühstückstisch bereit. Ich nicke ihm dankend zu. Guter Mann. Nicht ganz billig, aber zumindest komme ich endlich wieder zum Arbeiten. Ich gehe ins Badezimmer und stehe ratlos vor dem Waschbecken. Welchen Wasserhahn muss ich jetzt noch gleich aufdrehen? Den grünen von *Berlin Water*? Oder war das der rote von *Wet Wedding*? Und wofür ist überhaupt der Gelbe? Ach, scheiße. Frage meinen Pförtner, der ohnehin die Berufsbezeichnung »Private Agent« bevorzugt. »Ist noch vor neun«, ruft er, »da nehmen Sie das kalte Wasser von *Spreequell* und das warme von *Yello Wasser* mit dem Morgenröte-Angebot!« »Ach ja. Und welche Hähne waren das nochmal?« »*Spreequell* hat doch den Leitungsnetzdeal mit *Wet Wedding*, und *Yello Wasser* ist natürlich ....« »Ja ja, ich weiß«, grummele ich. Während ich mir etwas Wasser ins Gesicht klatsche, ertönt eine leicht blubbernde, aber extrem munter klingende Stimme: »Einen wunderschönen guten Morgen, und herzlichen Dank, dass Sie sich heute für den Morgenröte-Tarif von *Yello Wasser* entschieden haben. Bitte beachten Sie auch unser großes Dusch-Special auf Hahn 4.« Die Stimme schlägt plötzlich in einen lasziven Tonfall um: »Haben Sie mal wieder Lust auf ein erotisches Bad zu zweit? Dann nutzen Sie heute Nacht zwischen 21 und 22 Uhr unser heißes Special *Feuchte Träume* – 50 Liter zu 33 °C für nur 6 Cent!« Drehe den Hahn genervt zu. Mein Gott! Stehe ratlos vor dem Klo und starre auf das gute Dutzend bunter Spülknöpfe. Option paralysis. Pinkle dann doch wieder ins Waschbecken.

Setze mich an den Frühstückstisch. Mein Private Agent hat schon Kaffee bereitgestellt. Seit der großen Privatisierungswelle Anfang des Jahrhunderts ist Arbeitslosigkeit ein Fremdwort. Erst hatte es ja niemand so recht geglaubt, aber nach dem triumphalen Wahlsieg des bürgerlich-liberalen Lagers 2012 gab Kanzler Roland Koch seinem Privatisierungsminister Westerwelle völlig freie

Hand und sprang auf den EU-weiten Zug der Totalprivatisierung auf. Die neuen Jobs sprossen aus dem Boden. Niemand war mehr in der Lage, den Dschungel an Anbietern und Tarifen für die trivialsten Dinge zu durchschauen, wenn er nebenher noch irgendwas anderes machen wollte, und benötigte daher einen Private Agent. Und nach einigen spektakulären Übernahmeschlachten zwischen verschiedenen Netzanbietern mit der Folge, dass immer mehr Firmen ihre eigenen Netze aufbauten, schoss das Wirtschaftswachstum insgesamt in zweistellige Höhen. Alles musste neu gebaut werden, meist doppelt und dreifach: Nach der A2 der *Deutsche Straße AG* die A2b von *Mercedes,* die den Abnehmern ihrer Wagen seit neustem ein eigenes Straßennetz garantierten, anschließend die Billiganbieter mit der A2c von *Ryanstreet* und die A2d vom *Asphalt-Aldi.* So ging das auch mit dem Schienennetz. Dem Stromnetz. Dem Leitungssystem. Die Entwicklung hatte sich längst verselbständigt. Die Bautätigkeiten überschlugen sich, die Private-Agent-Branche boomte – an allen Ecken und Enden fehlte es an Personal. Die größten Wirtschaftsmächte waren inzwischen China, Indien und Schwarzafrika – die einzigen, die zuverlässig in ausreichender Stückzahl Arbeitskräfte liefern konnten. Ein Trend, den die ehemaligen Industriestaaten völlig verschlafen hatten. Die ersten schüchternen Ansätze von Beischlaf- und Gebärzentren sind noch längst nicht soweit, den Marktbedarf zu decken. »Wir müssen endlich die ganzen wirtschaftshemmenden Überregulierungen abbauen«, forderte Arbeitsministerin Eva Herman, »die Sozialverträglichkeitsprüfung für Frauen muss weg. Das Gemeinwohl kann ja wohl verlangen, dass jede, die gebären kann, auch gebären geht. Wer zweimal einen Erzeuger ablehnt, muss halt zwangsweise befruchtet werden.« Wie dramatisch die Situation war, sah man nicht zuletzt daran, dass Westerwelle trotz seiner fulminanten Privatisierungserfolge letzten Monat zurücktreten musste, weil der öffentliche Druck auf ihn einfach zu groß wurde. Ein

Minister, der keine Kinder hatte, war dem Volk vor so wichtigen Wahlen einfach nicht zu vermitteln.

2044, Berlin-Wedding, Seestraße 101
Eigentlich gefällt mir mein Rentnerdasein recht gut. Der staatliche Backservice sorgt täglich für einen gut gedeckten Frühstückstisch, und die Rentner-Taxi-Bereitschaft fährt mich nachher zum Plötzensee. Wer hätte das Anfang des 21. Jahrhunderts gedacht, dass die Renten mal sowas von sicher sein würden? Nach dem großen Wirtschaftscrash von 2029 hatte es eine ganze Weile gedauert, bis all die überflüssigen Straßen, Leitungen und Schienen einigermaßen entsorgt waren, und all die orientierungslosen Private Agents wieder Dinge gelernt hatten wie lesen, schreiben und Taxi fahren. Die europäische Notstandsregierung hatte sich schnell auf eine neue Verfassung geeinigt, die unter dem Motto »Nie wieder Privatisierungen!« die gesamte Grundversorgung der Bevölkerung garantierte. Schließlich brauchte jeder Wasser, Strom, Transport und Nahrung, es gab also gar keinen nachvollziehbaren Grund, dies nicht über die Allgemeinheit zu finanzieren. Nach den bitteren Erfahrungen der ersten Hälfte des 21. Jahrhunderts klappte das auch alles ganz wunderbar. Aber was schwadroniere ich hier? Ich muss mich sputen, raus zum Plötzensee. Ein angenehmer Nachmittag liegt vor mir.

Schluss

Wenn man den Medien glaubt, und das tun ja erschreckend viele Menschen, dann befindet sich Berlin am Rande des Abgrunds, in Teilen sogar mittendrin. Seit Jahren schon wird eine bizarre Ghettoisierung von Stadtteilen wie Wedding oder Neukölln betrieben. So schrieb der *Spiegel* in seiner Ausgabe 14/2006: »*Es sieht es so aus, als ginge es dort inzwischen zu wie einstmals in der Bronx. Es wirkt wie eine Ansammlung vieler kleiner Kopien von Städten wie Karatschi oder Lagos, Städten also, die nicht mehr zu kontrollieren, nicht mehr zu regieren sind.*« Ja, ja, Neukölln, im Volksmund schon lange bekannt als das Karatschi des Nordens bzw. das Lagos an der Spree. Dort, so erfahren wir, herrsche »*ein Klima, in dem der Satz ›Verpiss dich, du Missgeburt!‹ als ganz normale Begrüßungsformel gilt.*« Aber stimmt das denn wirklich?

Ich habe lange Jahre Feldforschung betrieben. Als gebürtiger Westfale nach Berlin geraten, bin ich mitten im angeblichen Ghetto gelandet und beobachte von hier die Gegend um mich herum ebenso wie die alte westdeutsche Heimat. Daraus sind viele Geschichten entstanden, die ich auf den Lesebühnen Berlins vortrage. Klaus Bittermann war es, der bemerkte, dass sich einige zu einer großen ganzen Geschichte zusammenfügen. Und die erzählt dieser »episodische Entwicklungsroman«.

Ich danke denen, die genauer hinhören und -lesen und mit mir vorlesen und -singen. Besonders den Kollegen von den Brauseboys, mit denen ich jeden Donnerstagabend im Laine-Art verbringe – Nils Heinrich, Hinark Husen, Teppo Jokinen, Jaakko Laine, Robert Rescue, Frank Sorge, Volker Surmann und Paul Bokowski –, ebenso jenen von der »Reformbühne Heim & Welt«, die die Sonntagabende mit mir im »Kaffee Burger« bestreiten: Ahne, Daniela Böhle, Uli Hannemann, Jakob Hein, Falko Hennig, Michael Stein und Jürgen Witte. Herzlicher Dank auch an die anderen Lesebühnen, bei denen ich zu Gast sein durfte, sowie besonders an Andreas Albrecht, Dietmar Bartz, Bov Bjerg, Ekki Busch, Wiglaf Droste, Danny Dziuk, Micha Ebeling, Horst Evers, Stefan Gärtner, Gerhard Henschel, Helmut Höge, Sebastian Krämer, Ivo Lotion, Wladimir Kaminer, Manfred Maurenbrecher, Wolfgang Nitschke, Markus Passlick, Jochen Schmidt, Spider, Volker Strübing, Mark-Stefan Tietze, Roger Trash und Marco Vanselow.